un amour de tutulle

Olivier Criner

un amour de tutulle

la pensée universelle
4, rue Charlemagne - 75004 Paris

ISBN 2-214-07395-7

Pour Jean Paul et Jérémie
Pour Stéfan, mon premier lecteur
A la mémoire de H.T. Pigozzi

CHAPITRE PREMIER

UN VOL DE VOITURE

Ce soir-là, dans le ciel de Paris, des milliers de gens médusés eurent l'occasion tout à fait exceptionnelle de voir voler... quoi ? Une voiture ! Mais oui, c'était bien une voiture qui volait, à la grande panique des parisiens et parisiennes pourtant blasés.

Je vais vous expliquer ce phénomène depuis le début.

Tout a commencé à Bordeaux, dans la cour intérieure de mon immeuble.

J'arrive comme d'habitude de mon travail, vers six heures (je dis six heures au lieu de dix-huit, ça me donne l'impression de débaucher plus tôt), à bord de Tutulle (c'est le nom de ma Deux-chevaux, ça vous gêne ?) quand mon fils et ma femme bondissent littéralement au devant de moi.

Imaginez ma femme, de taille moyenne, assez belle

(assez pour que je l'épouse) et mon fils de onze ans, sortant par la porte et non par ailleurs, les joues rouges, les yeux brillants et la langue qui a des ratés tellement elle tourne vite dans leur bouche. Tutulle est sûrement aussi étonnée que moi, vu qu'elle cale d'un coup et que je vais me cogner le nez dans le pare-brise.

Il faut dire qu'elle a plus de vingt ans et qu'elle commence à souffler.

Bref, j'en reviens à ma femme et à mon fils :

— Papa, fait ce dernier sur le ton le plus criard que son gosier peut proférer, papa, y a une voiture volante dans le jardin.

— Mais oui. Comme si je ne savais pas que c'est aujourd'hui le premier avril.

— Chéri, aujourd'hui c'est le premier juin et il y a bien une voiture volante dans le jardin.

Du coup, je suis inquiet.

— Voyons, Florence, ça ne va pas ?

— Viens voir toi-même, incrédule. On aurait dû t'appeler Saint Thomas.

— Je m'appelle Thomas de mon second prénom et...

— P'pa, il y a des gens qui veulent passer.

Allons bon ! Dans l'affolement, j'ai complètement oublié que Tutulle a calé au beau milieu de la rue. Après qu'elle eut bien voulu repartir, je la rentre dans le garage, au grand soulagement des quelques dizaines d'automobilistes immobilisés.

Puis, prenant mon ton le plus sévère (hum !), je dis :

— Voyons voir cet oiseau à quatre roues.

Mais arrivé dans la cour, je suis bien obligé d'en croire le témoignage de mes propres yeux de Saint Thomas.

Là, et pas ailleurs, se trouve une Simca 1100 d'un joli rouge vif, qui aurait fait envie à un taureau.

— Mais, mais, mais...

— Cesse donc de bégayer et explique nous si c'est toi qui nous fais une aussi agréable surprise.

— Moi ? Mais voyons...

— Tu sais, papa, elle vole, la voiture.

— Mais oui, tu as raison, dis-je, railleur. Je n'en peux prononcer plus, car je dois me rendre à l'évidence :

La cour n'a que deux ouvertures, de pas tout à fait un mètre chacune. A moins de voler, cette voiture n'aurait pas pu entrer autrement qu'en pièces détachées.

— Bon, voyons voir de plus près.

Je m'approche, hésitant, l'air dégagé de l'homme qui va se faire arracher environ deux dents de sagesse.

La portière est ouverte et la clef est sur le contact. L'intérieur de cette auto ne diffère en rien de celui des autres du même moule, si ce n'est par un magnifique ordinateur installé à côté de la planche de bord.

Sur le siège du chauffeur se trouve un petit paquet entouré d'une faveur rose dont je m'empare.

— Chérie, je sais que ce n'est pas chic de te retourner l'accusation, mais tu es sûre que ce n'est pas toi qui l'a faite venir par hélicoptère ?

— Evidemment. Pourquoi ?

— Parce que tous ces papiers sont à mon nom, de l'assurance à la carte grise, en passant par le talon de la vignette ! La facture est datée d'aujourd'hui... Tiens, c'est bizarre, j'ai payé comptant ; ça ne me ressemble pas.

— Chic alors, papa. Elle est à nous cette voiture !

Et avant que j'ai le temps de dire ouf, mon fils est déjà dedans.

— Teddy ! Veux-tu bien sortir de cet engin inconnu ?

C'est ma femme tout craché, ça.

— Florence, tu vois bien que ce n'est pas un engin inconnu, on en voit souvent, des comme ça.

Et la laissant bouche bée, j'attrape un pot de peinture noire sur une étagère et d'un coup de pinceau bien appliqué, dans un style tout à fait à moi, je marque sur le hayon : « Tutulle 2 ».

Mon fils ne tient plus en place d'excitation.

— P'pa, on fait un tour, dis ? On fait un tour ? On fait...

— Zut, zut et rezut ! Est-ce que vous vous fichez tous de moi ?

— Chérie, calme toi, tu vas attirer les voisins aux fenêtres.

Du coup, ma femme se tait, oubliant qu'aucun de nos voisins n'a vue sur la cour.

— La visite commence, en voiture mesdames et messieurs...

Ceci dit, je pousse Florence dans la voiture et m'installe.

Mais là, gare. En plus de l'équipement habituel, il y a une foule d'instruments et de boutons supplémentaires qui se bousculent sur la planche de bord. Après avoir trouvé le contact, je tourne la clef, essayant de démarrer : cela m'est tout à fait impossible.

Ma femme se moque doucement pendant que mon fils frise la crise de nerfs, faute de comprendre ; de la Deuche bi-décennale à la voiture neuve...

« Prière d'attacher vos ceintures, on décolle. »

Du coup, j'ai presque peur.

— Qui a dit ça ?

— La voiture.

— Teddy, si tu te moques de moi...

Aourg... bzing... kékis' passe ? Horreur, on a décollé !

— Florence chérie, reprend toi, je sens que tu vas tomber dans les pommes... Tu sais, moi aussi, je trouve ça drôle, tout d'un coup. C'est peut-être un rêve collectif ? Ouille !

— S'cuse, papa. Je ne voulais pas pincer si fort. Je crois que tu es réveillé.

— Je préfèrerais dormir. Où va-t-on ?

« A Paris. »

— Tu vois que c'est la voiture qui parle.

— Tais toi ! Voyons ce qui va se passer.

Ce qui passe, ce sont les immeubles et les poteaux électriques. Cinq minutes après, des arbres et des poteaux électriques... à un moment, un avion nous a croisés, mais je crois qu'il n'y avait plus de poteaux...

Bref, en trois heures de route (aérienne) et après avoir survolé Nice puis Nantes, nous sommes à Paris. Mieux que le TGV !

Imaginez nous en train d'admirer la tour Eiffel depuis notre voiture et d'échanger des sourires avec les touristes du deuxième étage qui n'en reviennent pas.

Un américain qui photographie tous azimuts, déclare que même en Amérique, on a pas encore de « car » volante.

Et à Montmartre, un fakir à la retraite n'arrête plus de rouspéter contre le modernisme ignoble qui remplace par des voitures les honnêtes tapis volants de ses ancêtres.

Mais nous sommes déjà loin. Toujours à la même vitesse, l'auto décrit une boucle et redescend vers le sud de la France.

La nuit est tombée, si bien que malgré les yeux de chat(te) de ma femme et les phares, on y voit que « fifre ». (C'est le mot préféré de Teddy.)

Où sommes-nous ? Malgré toute notre insistance, la voiture se tait. Je n'aurais jamais cru qu'un tas de ferraille puisse avoir tant de caractère. Allons bon ! Voilà que maintenant, on redescend. Je le sais parce que l'on pique du nez.

Ma femme fait la tête ; elle a oublié d'éteindre la lumière avant de partir. Il faut dire qu'elle n'en a pas eu beaucoup le loisir. Teddy, lui, dort.

C'est d'ailleurs un repos pour tout le monde.

Mais la voiture ralentit. Les phares s'étant éteints tout seuls, on y voit que... bon, on y voit rien. La nuit est d'un noir de nuit.

Une secousse.

Ça y est, on est arrivé. Tous les instruments sont à zéro, si bien qu'il nous est impossible de discerner quoi que ce soit.

— Florence, je sors. Si je ne reviens pas, essaie de... bon, je reviendrai, pas la peine de pleurer.

J'ouvre la portière et sors d'un bond.

— AAAAAHHHHH !!!

Plouf !

— Gloub, gloub, vite, une bouée, je me noie.

D'un seul coup, les phares se rallument. Florence est dans les pommes. Teddy s'est réveillé.

— Tiens bon, p'pa, j'arrive.

— No...

Plouf ! Il est dans l'eau. Et tout habillé, comme si ça ne suffisait pas d'un.

— Ah, ah, ah, ce que c'est rigolo. T'as vu la voiture ? Elle flotte.

Ses vêtements le gênant, il les enlève pour les mettre sur le siège, après quoi, il continue ses ébats à poils, comme s'il était normal de se baigner à minuit au milieu de la Méditerranée, à côté d'une auto flottante ! (Que je finis par regagner en barbotant.)

Florence est toujours dans les pommes. C'est bien beau, les pommes, mais si elle y reste trop longtemps, elle risque de ne plus avoir envie de retrouver sa poire de mari.

Alors, ne faisant ni une ni deux, j'ouvre la porte et... plouf, Florence à la baille.

D'ailleurs, je la suis car je n'ai, tout compte fait, pas envie qu'elle se noie.

C'est dans mes bras qu'elle reprend conscience.

— Oh ! Ah ! Marc, tu es vivant ?

— Quelle question ! Bien sûr.

— Que je suis contente. Dis, puisque on y est, si on nageait un peu ?

Evidemment, c'est de ma femme que Teddy tient son amour pour l'eau.

— Si tu veux (soupir). Je me sens devenir fou. Que va dire mon supérieur ?

— Bah, quelques jours de repos te feront le plus grand bien. D'ailleurs, tu lui téléphoneras demain.

— Parce que tu crois que les cabines poussent dans la Méditerranée ?

— Non, mais il y a le téléphone dans la voiture.

Je ne résiste plus. Ce n'est qu'après avoir nagé une heure, au moins, que nous retournons à la voiture pour nous coucher. En rabattant mon fauteuil en position couchette, un cri abominable me glace les sangs :

— Aouaouaouille !

Florence : « Ciel, Tarzan ! »

Moi : « Je m'en occupe. »

Ayant remonté le fauteuil, je ne vois que notre fils, toujours nu, qui s'était endormi sur le siège arrière et qui me regarde maintenant avec des yeux pleins de reproches.

Cruelle perspective. Les deux sièges avant rabattus ne donnant place qu'à deux personnes et tout bien compté étant trois... alors... je vais dormir sur le capot !

★ ★ ★

Quand je me réveille, le soleil est haut dans le ciel.

— Ouaff, un bon bain me réveillera mieux.

Ce disant, je plonge vigoureusement. Bing ! « Ouille, horreur. »

Je me relève avec peine, examinant le paysage alentour. Le désert de sable et rien d'autre, sauf les pierres. Me frottant le nez, je passe la tête par la portière.

Deuxième choc. (Physique et psychique.)

Le psychique en constatant que le fauteuil de ma femme est vide. Quant au physique, il est directement l'effet de ce constat, vu que je me redresse vivement pour me frapper le crâne contre le montant de la portière. Et l'effet du choc au crâne est de réveiller mon fils.

— Oh, papa, tu as l'air tout chose. Tout secoué.

— Secoué, moi ? Tu crois ça... aiie !

Traîtreusement, la porte vient de se refermer, oubliant que mes jambes vont de ce fait être coincées... et elles le sont. Dans un vain effort pour la repousser (la portièr, pas la jambe), je ne réussis qu'à me fouler le poignet et je suis bien obligé de pénétrer entièrement dans cette cochonnerie de mécanique.

— Et maman ? Où est Florence ?

— Tiens, je n'avais pas vu qu'elle n'était plus là. Elle ne me grondera plus.

— Dis donc ! Tu ne dois pas parler comme ça de ta mère, tu sais...

Je n'en peux dire plus. Notre voiture vient de faire un démarrage de grand champion. (Je suis un grand champion, mais pas auto, Deuche oblige.)

La piste poussiéreuse est abordée à 140 compteur et le moteur est loin d'être essoufflé.

Je suis très inquiet pour Florence. Malgré mon

insistance, la voiture reste aussi muette qu'une carpe (métallique).

Déjà deux heures de route. C'est long, surtout quand on ne sait pas où on est. (Oui, oui, on est dans une auto, mais l'auto, elle est où ? Hum ?)

Heureusement, nos vêtements ont séché. C'est déjà un point positif.

La seule chose que j'apprécie, sur ce véhicule, c'est que je n'ai pas besoin de tenir le volant. Il tourne tout seul.

C'est stupéfiant, un volant qui tourne tout seul... qui tourne, qui tourne...

— P'pa !

Ciel, je m'étais endormi. Sûrement la chaleur. Ou la faim. Ou les deux.

— P'pa, un chameau !

— Où ?

— Sur le capot.

— Mais, c'est vrai !

— Comme si j'avais l'habitude de mentir.

Je suis prêt à répliquer à mon fils au sujet de ses mensonges inexistants pour lui, quand le chameau se décide à sauter de dessus la voiture, dégageant ainsi le paysage. Las ! Le désert, le sable et rien d'autre. Sauf les pierres... Les pierres et une ville, au loin, toute blanche.

— On est peut-être arrivé.

— A moins que ce soit un mirage.

— Je pense plutôt à un miracle.

— On va peut-être retrouver maman.

— Tiens, je l'avais presque oubliée.

— Papa !

Je fais semblant de ne pas voir le regard désapprobateur de Teddy et me plonge dans la contemplation de la ville, tandis que la voiture, elle, plonge dans les rues.

C'est une ville arabe comme on en voit beaucoup (sauf en France), toute blanche et très exotique, avec des voitures à bras, des tas de fumier, une centrale électrique, des vieillards à barbe blanche longue comme ça, des enfants jouant dans le caniveau... bref, une ville, quoi. Cela sent les vacances. Pas que les vacances, rapport au fumier, mais c'est aussi une odeur exotique. Enfin, familière et très répandue, mais dans une ville exotique, ce ne peut être qu'une odeur exotique, cessez donc de chercher la petite bête ! Les habitants, qui ne voient passer que des tacots, sont bien étonnés de voir notre voiture rouge (qui aurait fait envie à un taureau), mais elle passe « si » tellement vite qu'ils se croient l'objet d'un mirage.

Ou d'un miracle ? Allez donc savoir !

Nous nous arrêtons enfin devant une petite maison blanche isolée, où un petit homme habillé de blanc nous tend un petit pain blanc à chacun, avec quelques fruits (exotiques) dans une corbeille.

Pas le temps de dire merci, ou du moins de chercher comment on le dit en arabe, que la voiture est déjà repartie.

Pour une heure à peine. En plein désert se dresse une grande mechta, qui ressemble à un petit château.

Nous stoppons une nouvelle fois et malade de bonheur je me jette dans les bras de Florence, qui sous le choc, tombe assise. Où ? Quelle question ! Sur son derrière, bien sûr !

— Marc chéri ! Tu vas bien ? Et toi, Teddy ? Vous avez fait bon voyage, j'espère ? Moi, je l'ai effectué en Hélicoptère. Venez vite, le professeur Dupont-Durand vous attend.

Dupont-Durand, ça me dit quelque chose, ce nom. Sûr que c'est un nom connu. Ah, j'y suis. Jean-Paul-Pierre Dupont-Durand, cet ingénieur de génie disparu en mer. Tout le monde l'avait cru mort.

Ma femme nous guide. Au bout d'un couloir se dresse une porte métallique d'aspect plus que solide, qui s'ouvre à notre approche.

Un grand monsieur est sur le seuil. Il porte lunettes, barbe blanche et blouse blanche. Florence fait les présentations.

— Mon mari, Marc Libreville, notre fils Teddy, le professeur Jean-Paul-Pierre Dupont-Durand.

— Enchanté, professeur.

— Enchanté, cher Monsieur.

— Enchanté, Monsieur le professeur.

— Enchanté, mon garçon.

— Je suis enchantée que nous ayons rencontré cet excellent professeur, chéri. Il est divin.

Que d'enchanté, décidément ! J'en suis vraiment enchanté. Mais j'espère bientôt ne pas déchanter.

— Professeur, dis-je, j'ai tellement entendu parler de vos mérites, que me trouver devant vous après votre disparition (le coup de pied) me cause une très grande joie. Nous expliquerez-vous pourquoi vous nous avez fait venir à vous de si étonnante façon ?

— Mais bien sûr, cher ami. C'est très simple. Voulez-vous passer dans le salon ?

Une fois dans cette grande pièce dont l'ameublement consiste à ne pas exister, le professeur, assis sur un tapis, nous offre un verre et commence tout de go ses explications.

— Je venais de réaliser un véhicule expérimental sur la base d'une automobile très courante et me trouvais devant un gros problème. Comment trouver un essayeur ?

Comme je suis de la région bordelaise, j'ai de suite pensé à quelqu'un du coin. Mais étant disparu depuis plusieurs années, me présenter officiellement à un professionnel de l'essai était exclu. J'ai donc établi une liste des éventuels postulants et le hasard a voulu que vous soyez l'heureux choisi.

— C'est trop d'honneur que me fait le hasard. Mais puisque j'ai essayé votre véhicule et que cet essai est satisfaisant, nous allons rentrer chez nous le plus rapidement possible.

— Erreur, erreur. Vous n'avez essayé que la partie la plus infime de mon engin. Vous ne pourrez donc rentrer chez vous que quand les autres tests seront effectués.

— Voilà, je savais que je déchanterais.

— Marc, écoute donc ce cher professeur. C'est un très grand génie français.

— Voyons, Florence, mon travail m'attend. Que va dire ce pauvre homme de Fiolefiente, de mon inexplicable absence ?

Ernest Fiolefiente, c'est mon supérieur. Moi je suis jardinier en chef des jardins de Bordeaux. Lui, c'est le responsable de l'entretien.

Imaginez un petit gars pas trop grand, sec comme un coup de trique, la peau jaune et vêtu d'une redingote vert olive toute élimée. Il n'y en a pas deux comme lui. Et un caractère, un caractère ! Bref, il va en pousser une. Sûr.

— Ne vous inquiétez donc pas, cher monsieur Libreville. Bien que disparu, j'ai encore quelques relations. Monsieur le maire de Bordeaux a déjà prévenu votre supérieur.

— J'en suis tout ému. Et en quoi consistent les prochains essais ?

— Tout terrain, plongée sous-marine, exploration spatiale.

Du coup, je me lève d'un bond.

— Quoi ? Je veux dire... comment ? Vous n'allez certainement pas me faire croire...

— Vous vous en apercevrez bien tout seul. Pour vous tranquilliser, je resterai avec vous une partie du trajet.

Alors, ça ça me fait une belle jambe.

— Tu sais, papa, on peut toujours essayer et arrêter avant qu'il ne soit trop tard.

Teddy est peut-être très remuant, il n'en est pas moins intelligent et puisque ça tente Florence...

— Bon professeur, je veux bien essayer. Mais pendant ce temps, je ne gagne plus d'argent, ma maison n'est même pas fermée, l'électricité brûle...

— Ne vous inquiétez donc pas, cher monsieur Libreville. Bien que disparu, j'ai encore...

Le professeur, après avoir diffusé son laïus, nous montre nos appartements, précisant que le souper est servi à dix-neuf heures trente et qu'il nous reparlera de son grandiose projet à la veillée.

Nos appartements se composent de deux chambres avec salle de bains individuelle, ainsi que d'un salon. C'est dans ce dernier que nous nous retrouvons.

— C'est toi, Florence, qui a voulu que nous tentions cette aventure, mais comme j'ai dit oui, j'en supporterai les conséquences sans broncher.

— Cela nous fera un peu de vacances à tous les trois. Nous en avions d'ailleurs bien besoin.

— Et puis tu sais, papa, c'est très excitant. Pour ce qu'il y a comme imprévu, à Bordeaux.

La conversation tourne sur le même sujet pendant pas mal de temps. Après une partie de cartes qu'évidemment Teddy gagne, nous descendons tous dans la salle à manger où un repas simple mais consistant nous est servi par un algérien du nom exceptionnel de Mohamed.

Comme c'est lui le cuisto et qu'il entend le français, nous pouvons le féliciter sincèrement pour sa bonne cuisine.

Mais à ce repas, le personnage le plus éminent manque. Le professeur en effet, prétextant des travaux très urgents, n'a pas pu se joindre à nous et la conversation est bien pauvre.

Heureusement, à la veillée, nous le voyons réapparaître.

— Vous excuserez mon absence, je heu... je recousais le fond de mon pantalon. Heu, voici le programme. Nous partons tous en Amazonie pour essayer le véhicule en exploration. Nous allons faire un tour au pôle nord pour voir comment se comportent les pneus cloutés et l'anti-gel. Un vol plané sur l'Europe et nous voilà dans la Méditerranée, histoire de tester la peinture dans l'eau iodée. J'ai aussi obtenu de mesurer mon engin contre les Mirages d'un pays africain dont je ne peux pas divulguer le nom et enfin... enfin, le grand saut dans l'espace et on fait le tour de la lune !

Et peut-être aussi ? Je vous le donne en mille. Ou plutôt en 1100.

Le professeur se penche vers nous, reprend son souffle et comme une très grande confidence, il laisse tomber :

— Nous allons sur Mars tester la climatisation !

Satisfait de son programme, le professeur se renfonce dans son fauteuil, les yeux brillant de joie anticipée. Florence le regarde avec une admiration que je suis bien prêt de jalouser. Teddy gigote sur son siège tellement il lui tarde de partir.

Pour ma part, je n'ai pas attendu la fin des explications pour comprendre que ce pauvre Dupont-Durand n'est qu'un doux illuminé.

Quand sa voiture aura claqué dans la forêt amazonienne, il sera bien forcé de s'avouer vaincu.

— Professeur, voici un projet digne du génie français. Quand partirons-nous ?

— Demain matin. Mais comme je serai avec vous, je ne pourrai plus vous radio-guider et il vous faudra conduire.

Conduire. Mon sort venait de tomber, ma principale activité durant plusieurs semaines était décidée.

CHAPITRE II

EN PISTE, POUSSIÈRE !

La nuit fut noire, mais le matin, le jour revint. Pendant mon sommeil, je n'ai pas cessé de rêver à des autos volantes aux prises avec de redoutables boas d'Amazonie, les serpents de mer et les Martiens. Et sans arrêt, des Mirages noirs nous bombardaient à coup de bombes atomiques.

Si bien que je suis légèrement refroidi. Déjà que je n'étais pas très chaud ! Florence, elle, a dormi du sommeil de la juste. Quand à Teddy, z'en parlons pas. Et quand je sors, vers sept heures, le professeur s'affaire déjà autour de l'auto, aidé de Mohamed.

— Bonjour, professeur. Nous partons bientôt ?

— Bonjour. Après nous être restaurés. La route est longue, jusqu'en Amazonie.

Inutile de dire que la restauration est vite engloutie.

Le professeur prend place derrière, à côté de Teddy,

laissant galamment à Florence la place de la morte.

— Allons-y, mon ami.

Je démarre, enclenche la première. Le moteur hurle mais l'auto ne bouge pas.

— Zut ! Lâche le professeur.

— Oh, pourvu que ce ne soit pas grave, qu'on parte vite, s'inquiète Teddy.

Quant à ma femme, elle ne dit rien. Elle a l'habitude. Même avec la première Tutulle, j'oublie toujours le frein à main...

Fausse alerte, donc. On part, 120 sur la piste de sable.

La ville est atteinte en rien de temps et traversée en trombe.

Vous savez, c'est une ville toute blanche, très exotique... zut, je l'ai déjà dit à l'aller.

Sachez cependant que les habitants, qui ne voient que des 404, sont bien étonnés de voir passer cette voiture rouge. Mais pfoutt ! Ils doivent se croire l'objet d'un mirage.

Tout à coup, le professeur hurle littéralement :

— Horreur ! Mais nous ne sommes pas sur la bonne route ! Demi-tour immédiatement.

Aussitôt dit, aussitôt fait.

Las... un demi-tour en épingle à cheveux, à 140 à l'heure, même pour une Tutelle trafiquée, c'est un peu beaucoup.

Le ciel soit loué, au moment où nous chavirons,

le professeur se penche et se met à pianoter sur le tableau de bord. La voiture retrouve son assiette, repart aussi vite en sens inverse.

— Ce sont les réacteurs, explique notre sauveur.

— Les quoi ?

— J'ai installé des petits réacteurs aux quatre coins de la voiture. Un virage à gauche, j'enclenche les réacteurs de ce côté. Ils soufflent avec puissance et la voiture s'aplatit, empêchant les roues de quitter la route. Si les sillons laissés dans le sol sont trop profonds, nous pouvons brancher les générateurs anti-gravifiques qui annulent le poids du véhicule, le temps de se dégager. Simple, non ?

Simple ! Oulloulloulle. Je me sens soudain subjugué par une technique que j'ignorais. Le professeur remonte d'autant dans mon estime. Après tout, il est sympathique, amusant et sa voiture a l'air du tonnerre.

La ville exotique est déjà loin derrière et les habitants, qui ne voient que des... bref, ils ont vu un mirage rouge deux fois en quinze minutes. Faut quand même le faire ! Ils doivent croire à un miracle.

Après une heure de piste poussiéreuse toujours à la même vitesse, le professeur s'endort et Florence ne tarde pas à le suivre.

Teddy qui regarde de tous ses yeux par la fenêtre, n'ouvre pas la bouche. C'est d'ailleurs rare.

Toujours est-il que dans le silence, le grand soleil africain et le concert de ronflement, je sens mes paupières s'alourdir, s'alourdir... le volant devenir léger, léger...

— Papa, j'ai envie...

— Hein ! Qui ? De quoi ?

— De faire pipi, tiens.

— Ah ! Bien sûr, bouge pas, je m'arrête.

— Comment veux-tu que je bouge, dans cette boîte à sardine ?

— Oui, oui...

Nom d'un chien. Heureusement que Teddy a eu l'idée saugrenue d'avoir envie de faire pipi, sinon, je m'endormais.

Je m'arrête et il descend pour... STOP : respectons sa pudeur. Après avoir vainement cherché un arbre, ou son assimilé, il se décide enfin à... STOP... sur la piste. (Respectons sa pudeur.)

Florence et le prof dorment toujours. Heureusement que j'ai la boussole, car si je perds ce chemin à peine tracé, on est fichus. Je veux revoir Bordeaux, moi !

Teddy embarqué, nous repartons. Toujours tout droit, pendant des heures et des heures.

Toutes les cinq minutes, mon fils me pince. Pas par méchanceté envers moi ; par amour pour nous tous, pour prévenir tout risque de somnolence de ma part. Que se passerait-il s'il s'endormait à son tour ? Je crois que je le suivrais dans les bras de Morphée.

Il est midi et demie et en attendant, j'ai rudement

faim. Mais le prof ne se décide pas à rouvrir les yeux

— Ah ! Puis zut, y en a marre.

C'est la voiture qui a parlé.

Malgré la chaleur, j'en ai froid dans le dos.

Et soudain, elle ralentit puis s'arrête, moteur coupé.

— Allons bon, qu'est-ce qui se passe ? Plus d'essence ? M'étonnerait. Alors quoi, si elle n'est pas capable de tenir cinq heures, on est jolis !

— Pour votre gouverne, apprenez que pour connaître la raison de mon arrêt, vous devez appuyer sur le bouton prévu à cet effet. Néanmoins, comme vous êtes nouveau et que vous m'êtes sympa, je vous le dirai sans cérémonie. J'ai chaud. Vous n'avez même pas vu que mon aiguille de température était au rouge. Je m'arrête pour souffler un peu.

— Oh, papa, elle est formidable, ta voiture : elle parle. C'est mieux que Goldorak !

— Tiens, Marc chéri, il me semble que j'ai un peu sommeillé.

— Tu parles ! Tout juste quatre heures, quel petit somme !

— Ce n'est pas possible ?

— Ah, ma chère Madame, ne vous mettez pas martel en tête. Ce serait dommage et sachez que j'ai dormi au moins tout autant que vous.

— Juste cinq minutes de plus, Monsieur le professeur.

— Allons, Teddy, sois poli, s'il te plaît.

— Laissez donc, mon amie, j'adore la spontanéité des jeunes.

— Vous-même n'êtes pas bien vieux, professeur.

— Ah, monsieur Libreville, tout juste trente ans. Comment ce fait-il que mes « poils » soient déjà blancs ?

— Sûrement les soucis. Ça me rappelle que le déjeuner est loin, que je n'ai pas dormi autant que vous deux et que le volant, il faut le tourner.

— Que vous avez raison. Passons à table. Mais vous auriez dû vous arrêter à l'ombre.

— Premièrement, il n'y a pas d'ombre, deuxièmement, Tutulle s'est arrêtée toute seule.

— Tiens ? Inquiétant, je...

— Ce n'est rien, elle a juste un peu chaud.

— Ah, bien. Consent-elle à se laisser allumer le climatiseur ?

— Vous n'aviez qu'à le demander.

— Cette voiture qui parle, Marc, me surprend toujours. Je suis sûre que l'on s'entendrait bien, toutes les deux.

— Bien sûr, pour militer au M.L.F. et mettre en boîte vos pauvres époux...

— Mais je ne suis pas mariée !

— Très juste, Tutulle, très juste. Il va falloir y penser.

— Papa, j'ai faim.

— Je m'en occupe, jeune hemme.

Le professeur sort, ouvre le coffre, attrape un panier à provisions, rentre, déballe. Moi, j'avale. Après quoi je m'étale : pour dormir.

★ ★ ★

La voiture roule à toute vitesse sur la piste, pour ne pas changer. Cela fait des kilomètres et des kilomètres qu'elle roule à toute vitesse sur la piste, et ça ne change pas.

Peut-être que ce n'est pas la même piste.

C'est en tout cas le même sable, qui s'infiltre dès que l'on essaie d'ouvrir la glace ou les aérateurs.

Il faut se contenter du climatiseur, qui tourne à plein régime. Florence semble à bout de forces, depuis trois jours que l'on voyage. Quant aux nuits, parlons-en. Florence et Teddy dans la voiture, le professeur et moi-même dans la tente, qui est aussi étanche qu'une vieille passoire rouillée. Et là, point de climatiseur. C'est dur. Des fois, j'étranglerais le prof, mais il est tellement sympa que je ne tarderais pas, sûrement, à le regretter.

Mais cette voiture qui parle commence à me porter sur les nerfs. Muette quand il faudrait qu'elle soit bavarde, bavarde quand on la souhaiterait muette. Sûrement que le prof a dû inverser un fil.

Il est midi et une ville paraît dans le pare-brise. Blanche. Exotique. Du même style que les précédentes. Heureusement, le paysage est grandiose. Sans quoi ce serait intenable.

Surtout avec ces villes. Oui Monsieur, ces villes. Vous sortez d'une et quand vous en rencontrez une autre, vous avez l'impression que c'est la même. Curieuse sensation que celle d'être persuadé de tourner en rond.

— Ah, Monsieur Libreville, nous avançons ; à nous l'Amazonie !

— Si l'on avait mis Tutulle dans un bateau, et nous avec, nous y serions arrivés avec moins de fatigue, en Amazonie.

— Oh, papa, cela aurait été dommage de manquer la promenade, c'est si joli, l'Algérie. Dans un bateau, on aurait tout manqué.

— On voit bien que ce n'est pas toi qui conduit.

— Allons, Monsieur Libreville, vous avouerez que le décor vaut le déplacement. Et il fallait bien que nous effectuions les derniers tests sur Tutulle, avant le grand départ.

— Chéri, le professeur a entièrement raison ; imagine les risques que nous pourrions courir si la voiture tombait en panne dans le bois !

— Dans la forêt vierge.

— Allons, sors donc de ta campagne !

— Campagne ! Le centre de Bordeaux !

— Je veux dire, pose tes valises...

— Quelles valises ?

— Mais arrête donc de ramer !

— Je rame, moi ? Je conduis, moi. Je conduis. Je conduis des heures dans le sable pour aller dans la forêt vierge, et tu me parles de bois comme si il s'agissait du jardin public ! C'est râlant, à la fin.

— Excuse-moi, je ne voulais pas t'embêter.

— Mais tu es toute excusée. C'est dans le contrat : pour le meilleur et pour le pire.

— Monsieur Libreville, je suis désolé de vous causer tant de désagrément et tant de soucis...

— Ce ne sont pas des soucis, mais des tracas.

— Ah ?

— Oui, des tracas qui me causent des soucis... je veux dire des soucis qui me tracassent... et puis zut !

Un silence inquiet accueille mes paroles mais très vite le professeur se remet à calculer. Il calcule toujours, ce cher homme, tout le temps en train de vérifier les cadrans, les témoins, interrogeant tour à tour l'ordinateur et Tutulle, consultant de longues bandes de papier imprimé crachées par divers appareils, griffonnant sur un petit carnet, bref, l'ordinateur lui-même en aurait le vertige.

Teddy affirme, lorsque nous nous promenons, le soir, que les activités cérébrales de ce prof lui font fumer la tête.

Je n'ai pas pu constater moi-même cet effet des plus intéressants. Mais à part ça, il est vraiment sympa, on ne peut pas s'empêcher de l'aimer.

— Dites, une Tutulle dans un arbre, qu'est-ce que ça fait ?

— Euh... je ne vois pas, professeur.

— Ma langue au chat.

— Je ne trouve pas, déclare Florence.

— Et bien, ça fait une Tutulle de moins sur la piste.

— Ah ?

— Oui. Et deux Tutulles de moins sur la terre ?

— Une de plus dans un arbre.

— Zut, zut et rezut ! Je l'ai encore loupée ! Ce n'est pas comme ça qu'elle se dit.

— Ce n'est pas grave, de toute façon, il n'y a qu'une Tutulle, alors...

— Effectivement, pour le moment, il n'y a que Tutulle.

— Même si il y en a d'autres, elles ne s'appelleront pas « Tutulle ».

— Ne sois pas si égoïste et attrape le déjeuner.

Nous expédions ce repas en moins de temps qu'il n'en faut pour l'écrire. Les provisions semblent inépuisables mais tout le monde est trop fatigué pour mâcher.

Le professeur n'ouvre pas la bouche de tout le déjeuner. Teddy est maussade, c'est certainement l'âge qui veut ça. Quant à Florence, elle a l'air vraiment fatiguée.

Moi, je ne sens plus mes bras, ou plutôt, je ne

les sens que trop. Bah ! Ça me fait des muscles. Et j'imagine la fiole de Fiolefiente quand il me verra bronzé comme un habitant du Zaïre !

— Mon cher Libreville... au fait, puis-je vous appeler Marc ? Ce serait du temps de gagné.

— Je préfère « Marc » que « Libreville » sans le « Monsieur » avant.

— Oui, oui. Donc je vous disais que nous aurons certainement quelques petits problèmes à la frontière.

— Vous me disiez ça ? Et où étais-je ?

— Dans la lune. Ou alors, c'était moi.

— Quel genre de problèmes ?

— Peut-être des soulèvements nationaux et sûrement des mercenaires. Encore plus vraisemblablement un refus des autorités à nous laisser passer.

— Pour quelles raisons ?

— Je soupçonne que quelqu'un nous espionne. Et si quelqu'un graisse la patte à un fonctionnaire...

— Je vois. Et les mercenaires ?

— Oh, ce ne sont que des mercenaires.

— Des mercenaires plutôt mercenaires.

— Probablement.

— C'est quoi, papa, un mercenaire ?

— Qu'est-ce que vous apprenez donc à l'école ? Ouvre donc ton dictionnaire.

— C'est quoi un dictionnaire ?

— Arrête un peu de te moquer de ton père.

— Si on ne peut plus rire.

— On repart quand ?

Cette Tutulle ! Jamais fatiguée ma parole.

— Dans cinq minutes, Tutulle.

— Je commence à m'ankyloser.

— Sûrement une sciatique, prend de l'exercice.

— Ce n'est pas moi qui me conduis.

— Alors fais-toi des massages.

Mais Tutulle ne voulut pas se masser et je fus obligé de reprendre le volant.

Pendant que Teddy écoute son walkman et que Florence tricote une écharpe (par cette chaleur !), le professeur entreprend de m'entreprendre au sujet de l'entreprise qu'il a entreprise.

— Si la voiture se comporte convenablement, je peux la proposer à la NASA ou alors à l'Aérospatiale française, qui ne saura d'ailleurs qu'en faire. J'ai aussi pensé à l'armée de terre.

— Tutulle, ou d'autres autos du même modèle ?

— Pas Tutulle. Elle, je la réserve pour autre chose.

— Et pour quoi, mon maître ?

— Tu le sauras en temps voulu, véhicule de mes bottes.

— Bien, je ne vous parle plus.

— Et coléreuse, avec ça ! J'ai presque peur de la conduire, si elle me mordait !

— Ne raillez pas, ou je vous mords vraiment.

— Je croyais que tu ne devais plus parler.

— Plus à vous, professeur, mais aux autres, oui.

— Je suis donc le paria ? Qu'ai-je donc fait pour avoir l'idée bête et saugrenue de doter cette ingrate de la parole ?

— Vous étiez bête et saugrenu, tout simplement !

— Et de plus, elle m'insulte.

Je laisse le prof s'expliquer avec son engin. Moi, je commence à en avoir plein le dos. J'ai beau réfléchir, je ne sais même plus depuis combien de temps nous sommes partis ; il faut le faire.

Au début il y avait des villes modernes, maintenant, plus que des villages.

La poussière s'infiltre partout, l'eau est chaude, les repas froids insipides, le coucher tellement douillet que je préfèrerais presque ne pas dormir tant j'ai les reins en compote au petit matin.

Toutes ces pensées me montent contre ce cher Dupont-Durand et sa folie indiscutable.

Tiens, ça y est, voilà les ennuis. Deux... non trois — qui a dit que je ne savais pas compter jusqu'à trois ? — je disais donc que trois... non quatre hommes sont au milieu de la piste et nous font signe d'arrêter. J'ai bien envie de jouer aux quilles, dans le rôle de la boule, mais le prof ne l'entend pas de cette oreille.

— Stoppez donc, mon ami, et laissez-moi faire.

— Bien volontiers.

Je stoppe donc à hauteur des quilles et laisse faire

Dupont-Durand. Comme il ne parle pas français, je ne comprends que...

— Fifre, mais alors que fifre !

— Hein ? Qu'est-ce que tu dis, Teddy ?

— Je disais que je n'y comprends que fifre. Et toi, papa ?

— Heu... hem... un peu, quoi !

— Qu'est-ce qu'ils disent ?

— Heu... laisse-moi écouter. Tu n'auras qu'à le lui demander.

D'ailleurs, le revoilà et il a l'air satisfait.

Les quilles repartent, elles ont l'air satisfaites. Si je faisais un peu la boule...

— C'est bon, on peut y aller.

J'embraye. Tutulle hurle mais n'avance pas. « Au fou » crie-t-elle.

Le prof est affolé, Teddy inquiet.

Florence sourit. Une vieille mauvaise habitude. Vous savez quoi ? Mais, bien sûr, le frein à main !

— Dommage que les quilles ne soient pas restées au milieu de la piste.

— Pardon ?

— Oh, rien. Une histoire de bowling.

Dans un soupir de soulagement, Tutulle est repartie et la piste étend son rouleau devant nous, toujours aussi sèche et monotone.

Et ça roule, ça roule. Coucher de soleil : repas, veillée, sac de couchage ; lever du soleil : sac de couchage, petit déjeuner, piste ; midi : repas, sieste, piste.

Cela roule et tourne dans ma tête. D'autant plus que le prof m'a donné des pastilles pour tenir le coup (et le cou). Il a dû se tromper car plus j'en prends et moins je suis en forme.

— C'est quand que l'on passe la frontière ?

— Mais, nous l'avons passée depuis pas mal de jours !

— Quoi ? Mais je n'ai rien vu !

— Parce qu'il n'y avait rien à voir, sauf quatre bonshommes.

— Et c'était ça, la frontière ? Et les quilles, c'étaient les gardes ?

— Je ne vois pas ce que viennent faire des quilles ici. En tout cas, on a presque fini de traverser le Niger.

— Quand je pense que l'on a même pas pris une photo, pas seulement fait le plus petit film !

— C'est ce qui te trompe, chéri. Que crois-tu que je fasse à longueur de journée dans ta voiture ? Je prends des photos, je fais des films et toi tu ne t'en aperçois même pas. Je suis héroïque et martyre à la fois. Ton inattention est un motif de divorce.

— Moi, je ne fais pas attention ? C'est ma faute, moi, si je tourne un volant à longueur de journée, tous les jours depuis... depuis je ne sais trop combien de temps ?

— Tu sais, papa, si le professeur avait son permis, il t'aurait déjà remplacé.

— Mais je l'ai, je sais conduire !

— Il sait conduire !!!

Du coup, la colère me prend la tête dans ses bras et... ça y est, je divague. La colère me monte à la tête pendant que la moutarde me monte au nez et je stoppe la voiture dans un dérapage apocalyptique sans me soucier de ses hurlements : « Au fou, mes pneus ! »

Je sors.

— Vous savez conduire, et bien conduisez !

— Mais... mais Monsieur...

— Il n'y a pas de « mais », Monsieur.

Sur ce, je l'extirpe de sa place et le colle derrière le volant. Il n'a pas démarré que Tutulle se met à rouspéter qu'il conduit mal, qu'il ferait bien de changer de vitesse pour soulager son moteur, que le volant...

Bref, le prof conduit mal.

— Vous êtes sûr d'avoir votre permis ?

— Tenez, le voilà.

J'ouvre le porte-carte, sors le permis, regarde la rubrique « conditions restrictives d'usage »... et manque de tomber dans les pommes.

Car je viens de lire :

Tendance à rouler à gauche.

Accélère dans les virages.

Passe la première pour la quatrième et vice-versa.

Je m'arrête de lire, car la colonne est longue.

— Et dites-moi, comment ont-ils fait pour vous le donner ?

— J'ai fait, soi-disant, impression à l'examinateur.

— Je comprends le genre d'impression. Et la préfecture ?

— J'avais déjà quand même quelques relations...

— Je vois. Arrêtez-vous s'il vous plaît.

— Pourquoi ?

— Tutulle souffre, Florence est verte, Teddy n'est pas bien du tout, moi-même j'ai des sueurs froides. Quant au cap suivi, je ne serais pas surpris que nous ayons fait demi-tour, tant vous tournez le volant inopinément.

— Je me range à la décision de la majorité.

Il s'arrête et je reprends ma place. Tutulle a l'air de suite soulagée. Elle n'hésite pas à dire qu'elle se sent bien mieux.

— Et de plus, Professeur, le Sahara a suffisamment éprouvé nos pneus et nos nerfs. Si on cassait Tutulle avant d'être en Amazonie ? A mon avis, il vaudrait mieux s'embarquer sur le premier bateau en partance.

— En plein Niger, un bateau ?

— J'ai dit : avion !

— J'ai dû mal comprendre, mais vous avez raison. A nous l'avion.

Le soir-même, à Niamey, nous chargeons Tutulle sur un gros camion qui nous fait passer la frontière du Nigéria et nous laisse à Lagos. Nous sommes fourbus, donc extrêmement heureux de pouvoir passer quelques nuits à l'hôtel.

Mais beaucoup trop tôt à notre goût, le professeur se sent obligé de reprendre son voyage.

CHAPITRE III

PIÈGES EN AMAZONIE

Il ne reste plus à l'aéroport de Lagos qu'un cargo C 130 et le prof a bien peur d'être obligé de le louer.

Louer un cargo C 130 n'est pas à la portée de Monsieur Tout le monde, aussi je commence à avoir des soupçons quant à la nature des ressources de ce cher homme.

Et il se pose toujours la question quand une dame...

— Arabe.

...dans la trentaine nommée...

— Léda Mour-hir.

— Teddy, laisse-moi finir tout seul et cesse avec tes bêtises à la Mickey !

Bon, je recommence, vous comprendrez mieux.

Il se pose toujours la question, quand une dame dans la trentaine, nommée Léda Mondy, comme l'indique son badge, s'approche de nous et prend la parole en ces termes :

— Excusez-moi si je suis, heu... indiscrète, mais je crois comprendre que vous êtes bien ennuyés.

— Je n'ai effectivement qu'une seule voiture et quatre personnes à transporter et je ne trouve à louer qu'un cargo C 130, appareil vraiment immense et de plus fort onéreux.

— Si vous voulez, je peux, heu... vous prendre chez moi.

— Please ?

— Je dois mal dire en français. Vous pouvez venir dans mon avion.

— Un transporteur ?

— Un cargo 747.

Ah, la brave anglaise ! Elle nous sort une drôle d'épine du pied et évite au prof quelques épines aux doigts, vu que son portefeuille est en peau de hérisson.

Mon cher Marc, me dit à part cet homme de génie, mon cher Marc, méfions-nous de cette Léda. Nous sommes espionnés et c'est peut-être elle.

— Il est vrai qu'elle nous est tombée du ciel au bon moment.

— De plus, elle est généreuse, ce qui est rare chez un anglais, alors chez une anglaise, n'en parlons pas !

Toujours est-il que le 747 part le soir-même, et nous avec : Tutulle dans la cale et nous dans les fauteuils du compartiment passagers.

L'anglaise est de bonne compagnie malgré son français qui laisse parfois à désirer.

Nous apprenons qu'elle revient d'une mission de botanique avec ses trois collègues que nous ne connaissons d'ailleurs pas.

Mais quand ils arrivent, quelques instants plus tard, je me crois à Babylone après que Jéhovah eut confondu les langues.

Sous ses ordres, l'anglaise à un professeur écossais et deux diplômés de je ne sais quoi belges (apparemment soignés).

Et comme ce ne sont pas des belges francophones...

Cependant ils sont tous sympas et je commence à croire que le prof a tort de se méfier.

— Quel est donc le but de votre voyage ?

— L'essai d'un véhicule gonflé sur différents terrains.

— Pour un rallye, demande Léda ?

— Non...

— Mais oui, bien sûr ; me coupe Dupont-Durand. Enfin, si nos essais sont concluants.

— Mais pourquoi l'Amazonie alors que vous aviez la forêt équatoriale du Congo beaucoup plus près ?

— Nous en profitons pour voir du pays et de toute façon, le gouvernement du Zaïre a trop fait attendre son autorisation, alors que nous voulions faire vite.

Puis la conversation dévie sur des sujets moins brûlants et nous nous endormons tous dans nos fauteuils.

Quand l'avion atterrit à Bélem (en notre honneur),

nous nous sommes fait de bons amis qui parlent tous à peu près bien français et Dupont-Durand pourra aller pêcher ses espions ailleurs.

En effet, après s'être réapprovisionné, le 747 reprend son vol vers Bogota, via New-York.

Et nous, Tutulle rééquipée, nous reprenons la route.

Florence filme, Teddy écoute son walkman, le prof calcule et moi je tourne le volant.

Quand à Tutulle, elle reste muette ; elle boude car elle n'a pas apprécié son incarcération dans la cale.

— Ces gens étaient bien, déclare Teddy.

— On ne sait jamais.

Franchement, l'idée de se faire espionner devient fixe, chez lui.

Ah, si à ce moment-là j'avais su...

Et Tutulle roule, et je tourne le volant.

* * *

Nous sommes maintenant en pleine forêt vierge, mais la tentative du prof sera certainement un échec car il n'y a pas un seul chemin, pas un seul sentier où passer et Tutulle n'est tout de même pas un bulldozer. Pourtant, il n'a pas du tout l'air de renoncer.

Après m'avoir fait arrêter, il disparaît sous le capot, muni de sa caisse à outils et j'en profite pour piquer un roupillon.

« Hourra ! »

Hein, quoi ? Je me réveille en sursaut :

Le prof émerge de dedans le moteur et son visage barbu rayonne de mille soleils. Il ferme le capot et me lance :

— Avancez !

Avancer, je veux bien, mais les arbustes et les fougères arborescentes forment un véritable mur. Pourtant, je m'exécute.

Plus tôt cet illuminé verra son erreur, plus tôt je rentrerai chez moi.

La voiture s'ébranle. Qu'est-ce que c'est ?

Ah, je comprends ! Il a installé, je ne sais pas comment, une espèce de rotor à lame tranchante dont l'efficacité a l'air probante quand j'avance.

— Coupez et venez voir.

Je m'exécute et penché sous le capot, je n'en crois pas mes yeux.

Une courroie est directement prise sur le ventilateur permanent et entraîne une roue qui transmet le mouvement démultiplié à l'aide d'un... bas de femme ! (qu'il me semble reconnaître). Et c'est ce bas qui entraîne le rotor !

— E-pa-tant !

— Je dirais même plus, déclare Teddy qui a des lettres, é-pa-tant.

Florence, elle, cherche l'un de ses bas...

Mais alors, après, tenez-vous bien.

Le prof se penche pour regarder une dernière fois son œuvre pendant que Teddy referme le capot en criant : « Attention, professeur ! »

Mais il ne l'entend pas et le capot se referme avec fracas sur la belle barbe blanche. De surprise, il relève vivement la tête, ce qui a pour effet de lui décoller la barbe !

Parfaitement ! Dupont-Durand a une fausse barbe blanche !

Du coup, la colère me prend une fois de plus et je saisis la tête blanche et tire, et tire... et le professeur hurle, et hurle...

De toute évidence, les cheveux, eux, sont vrais.

— Excusez-moi.

Il est piteux.

— Non, je rentre chez moi, vous n'êtes qu'un faux jeton !

— Une barbe blanche sied mieux à un professeur... ça fait plus noble, plus sérieux, quoi !

— Et votre nom, hum ? Moi, je croyais que Dupont-Durand était disparu en mer.

— Eh bien, c'était bien moi, mais à cette époque, j'avais déjà un nom d'emprunt.

— En plus ! Et quel est donc votre vrai nom ?

— Dubois-Dupuis.

— Dubois-Durand, je veux dire Dupuis-Dupont, vous êtes un vrai trompeur.

— Mon nom et ma barbe sont faux mais c'est eux qui m'ont rendu célèbre.

— Bon. (Je me suis enfin calmé.) On continue ou qu'est-ce qu'on fait ?

— Si vous le désirez... on peut continuer.

— Si je le désire !

— D.D.

— Que dit votre fils ?

— Je ne sais pas.

— D.D. Je dis Dédé. D comme Dupont, Durand, Dubois, Dupuis. C'est plus simple d'appeler le professeur Dédé, autrement je vais sûrement me mélanger les pédales.

— Les pédales, c'est ton père qui les mélange.

— Pardon ?

— Qui ne les mélange pas. Quant à toi, tu es vraiment un malin, j'en prends bonne note. N'est-ce pas, Marc, que c'est un malin, votre Teddy ?

— Presque trop malin pour ma vieille carcasse.

— Vieille carcasse ? Figure-toi, mon Marc, que si tu avais été vieux, je m'en serais déjà aperçue.

Ah, les femmes... renversantes !

* * *

La nuit est tombée et je trouve le temps de plus en plus humide. Florence n'a pas l'air bien du tout, elle s'est couchée de bonne heure. Teddy, le professeur et moi-même restons autour du feu de camp. Nous discutons depuis quelques instants quand je crois soudain voir bouger dans un buisson, mais ne dis rien de peur d'avoir eu la berlue. Mon silence nous sera fatal.

Le prof a entrepris une fois de plus de nous parler de son projet. Le cher Dédé, sans barbe, fait beaucoup plus jeune quant au physique. Par contre, son radotage laisse à penser qu'il n'est plus jeune du tout. Particularité intéressante chez lui, chaque fois qu'il ouvre la bouche pour dire quelque chose, il pense à autre chose et cette autre chose appelle encore une autre histoire dans sa mémoire.

Ce qui fait qu'à la fin de sa phrase, il se retrouve toujours à mille lieues du début.

Les phrases de Dédé ont, de plus, la particularité de ne pas avoir de points à la fin, mais des virgules.

Et de virgules en virgules, il est minuit et nous en avons entendu de bonnes, au sujet de Ladie Di, des cargos C 130, des mirages, du décès de je ne sais plus quelle actrice célèbre, du prix de l'essence chez les Pa-pous, etc...

Et tout cela, bien sûr, dans l'ordre sus-nommé.

J'ai l'impression d'être devant une télévision dont on change la chaîne toutes les trente secondes.

Le professeur se tait soudain. Il vient de poser une question à Teddy mais celui-ci dort depuis déjà un petit moment et Dédé est bien obligé de reconnaître qu'il est tard et que demain nous aurons besoin de nos forces.

Sur ces bonnes paroles, il va se coucher. Je prends Teddy dans mes bras, le déshabille et le couche dans Tutulle, puis je rejoins le prof.

Je viens juste de m'étendre qu'une grande clameur résonne soudain dans la nuit !

— Les indiens !

Y a-t-il des indiens en Amazonie ? Je n'en sais fichtrement rien. Tout ce que je sais, c'est que malgré ma trouille — je l'avoue, moi au moins — je m'élance hors de la tente pour protéger ma moitié et ma progéniture. Le professeur, lui, malgré sa trouille qu'il n'avoue pas, s'élance hors de la tente pour protéger sa progéniture, en l'occurrence Tutulle.

De progéniture organique, de moitié, il n'en a pas.

Dehors, le spectacle est sinistre et assez étonnant.

Un groupe d'ombres (il fait nuit) s'est précipité sur notre campement comme la faim sur le pauvre monde, saccageant, dispersant le matériel. Un grand escogriffe est en train d'arracher la tente.

Je laisse le professeur s'en occuper car je vois distinctement trois autres ombres, non moins grandes et non moins escogriffes, essayer de soulever Tutulle par un côté, pour la faire basculer.

Cette idiote qui cancane tout le temps n'est même pas fichue de se défendre toute seule.

Alors, je m'élance, tel la justice outragée, bondis,

plonge comme un rugbymen et saisis l'un des méchants par les jambes..

Tutulle, tous feux allumés, hurle comme une possédée :

— Sortez-les de dedans, que je me défende !

J'ai bien sûr compris que ce sont Florence et Teddy qu'il faut sortir. J'étends donc la jambe pour faire culbuter la deuxième brute, attrape la troisième par le fond du pantalon et l'envoie dinguer sur la première (brute) qui se relève déjà.

Puis je fais signe à Florence, folle de peur, d'ouvrir la porte. Ce qu'elle fait heureusement aussitôt.

Elle sort vivement pendant que j'aide mon digne fils à se dépêtrer de la ceinture de sécurité.

Il a à peine le temps de se jeter dans un buisson avant que les trois soient à nouveau sur moi.

J'en attrape un par les cheveux, cogne sa tête contre celle d'un autre et m'écroule enfin héroïquement sous les assauts du troisième.

Ce n'est pas après moi qu'ils en ont.

Sitôt que je suis hors de combat, sous la surveillance d'un seul lascar, les deux autres commencent à bousculer Tutulle de la plus belle manière. C'est compter sans ses qualités.

Sa portière avant s'ouvre avec violence et vient percuter le plus proche de ses assaillants, qui s'envole et m'atterrit sur le ventre, groggy.

Le deuxième a encore moins de chance, alors qu'il

s'arc-boute contre le pare-choc arrière pour essayer de l'arracher.

Tutulle lance son moteur, starter enclenché.

L'effet est immédiat car le bonhomme tousse et se frotte les yeux dans les gaz d'échappement.

Ainsi amoindri il n'a pas le temps de voir que Tutulle a passé la marche arrière.

Hurlement de douleur.

— Aouaouaou... mon agacit !

— Ça, c'est sûrement du patois, déclare Florence.

— C'est sûr, ça veut dire : aïe mon cor au pied.

Mais que devient le professeur ?

J'essaie de me lever mais mon gardien veille au grain.

Comment lui échapper pendant que ses compagnons semblent hors de combat ? L'honneur de la victoire revient à Teddy.

Mon très digne fils s'est fait une réputation à la fronde, dans le quartier et sa fronde ne le quitte jamais, aux dépens de mon ange gardien qui s'affale soudain, une bosse grosse comme un œuf de pigeon sur le dessus du crâne.

— Bravo, Teddy.

Je vole aussitôt à la rescousse du prof mais celui-ci m'apparaît intact auprès de la tente éventrée.

— Et votre bandit ?

— Il s'est cogné la tête.

— Ah ? Et comment !

— Je ne sais pas. La malchance, probablement.

Je m'approche de l'objet de notre conversation, étendu sur le dos, comptant les chandelles.

Près de lui gisent les débris de l'ordinateur de Dédé. Quelques éléments électroniques s'accrochent à sa chevelure bouclée.

— Trente-six, déclare-t-il soudain.

— Hein ?

— Trente-six chandelles. Allez, les gars, on dérape.

Il se relève pesamment et s'éclipse dans l'ombre.

— Eh ! Pas si vite !

J'essaie de le retenir mais les trois autres me sautent dessus, me renversent, me marchent sur le corps et finissent par s'évanouir dans la nature.

Rapidement, Dédé installe deux projecteurs sur batterie qui éclairent la petite clairière et nous permettent d'inventorier les dégâts.

Ils sont de taille. Tente éventrée, vivres dispersés dans la forêt, outillage et matériel saccagé, pare-choc arrière de Tutulle tordu, insomnie pour Florence, perte d'un pantalon pour Teddy qui devra s'en passer jusqu'au lendemain, perte également d'un ordinateur fort coûteux. A ce sujet, d'ailleurs, le prof n'a jamais pu nous expliquer comment son cher, son inséparable, sa merveille d'ordinateur avait fini sur la tête de son assaillant.

— Vous savez, la malchance...

Bref, nous décidons de ne rien décider pour le moment et nous nous recouchons, Dédé et moi-même tant bien que mal.

* * *

Le soleil est maintenant haut dans le ciel, mais dans le camp, pas un mouvement.

J'émerge du sac de couchage, chasse quelques moustiques et commence à préparer le petit déjeuner.

Après quoi, je fais un tour dans les environs de la clairière et finis par découvrir le pantalon de Teddy accroché à une basse branche, tel un drapeau narquois.

Ma trouvaille décrochée, je la rapporte à Teddy qui est en train de faire sa toilette complète à l'eau froide, s'il vous plaît ! Il se réjouit grandement de retrouver son « jean » qui lui faisait défaut.

Vous vous doutez bien que nous ne rencontrons pas souvent de blanchisserie et que le linge sèche tant bien que mal sur l'antenne de Tutulle.

Mon fils me remercie et me souffle, admiratif :

— Tu as été formidable, cette nuit, papa ! Si tu t'étais vu... un vrai Tarzan ! Ça leur a pas plu, aux gonzes.

— Aux quoi ?

— Aux bandits. Je ne te croyais pas si fort.

— Allons, allons, je n'ai fait que mon devoir de vous protéger, toi et ta maman.

Modeste.

Le professeur qui vient de se lever et apprécie mon petit déjeuner, attaque bille en tête.

— Qui croyez-vous que c'était ?

— Des indiens !

— Pourquoi pas des martiens ?

— Parce que c'était des hommes et qu'ils étaient torse nu. Et puis non, ce n'étaient pas des indiens mais des français du midi.

— Sur quels indices vous basez-vous pour être si formel, mon cher Marc ?

— L'accent, le patois et l'odeur.

— L'odeur ?

— Oui, celle de la sarriette et de Ducros.

— Oh, je vois, vous êtes connaisseur !

— Un peu.

Florence émerge enfin de Tutulle, les yeux rouges et bouffis.

Tutulle, elle, ne semble pas réveillée car elle n'a pas encore ouvert ce qui lui tient lieu de bouche.

Pendant que je m'empresse auprès de ma femme, le professeur appelle Mohamed par radio. Je ne sais comment il se débrouille pour se faire relayer, mais il n'a jamais perdu le contact avec la base.

Après avoir parlé un bon moment, il revient vers nous :

— J'ai cru préférable, vu les événements, de prendre des mesures en ce qui concerne la sécurité de madame Libreville.

Quelle phrase pompeuse ! Moi, j'aurais dit : « J'ai décidé d'assurer la sécurité de votre femme. »

Mais, d'une manière ou d'une autre, le contenu de cette phrase déplaît à Florence.

— Qu'est-ce que ça veut dire ?

— Que vous allez nous quitter. Oh, juste pour quelques jours. n'est-ce pas ? Ce ne sera pas bien long.

— Je refuse. Je reste auprès de mon fils et de mon mari.

— Chérie, le professeur a raison. De plus, cette partie des essais n'a rien d'intéressant et comporte trop de dangers. Tu vas écouter Dédé.

— Attention. J'alerte le MLF.

— Maman, papa dit ça pour ton bien. Tu ne peux plus nous suivre, c'est pas une vie de femme.

— Les femmes sont aussi solides que les hommes. J'alerte donc...

— Florence chérie, nous ne sommes plus en France où il existe un ministère des droits de la femme. En Amazonie, les maris sont chefs absolus. Donc, tu vas quitter cette région au plus vite et sans discuter.

Enfin vaincue par tant d'arguments, Florence finit par reconnaître qu'elle était fatiguée et se déclare prête à partir.

CHAPITRE IV

...ET LE DISPARU APPARUT

L'hélicoptère reprend enfin l'air, s'élevant en un vol majestueux entre les arbres de quinze mètres et plus.

Florence nous fait au revoir de la main. Le professeur l'accompagne. J'aurais dû y aller à sa place mais il m'en a dissuadé, précisant avec raison que ma femme aurait pu m'influencer.

Avant de partir, il m'a pris à part pour me donner quelques détails :

« Je serai de retour avant la tombée de la nuit, au plus tard demain matin. Nous reprendrons la route selon le tracé prévu. Mon cher Marc, j'ai, je vous l'avoue, un mauvais pressentiment. Si quelque chose ne tournait pas rond, regagnez au plus vite Belèm ou Manaus. Vous me joindrez par radio sur cette fréquence. »

Il me tend un bout de papier et me serre la main : « A ce soir. Prenez bien soin de mon enfant chérie ! »

Son enfant chérie ! Peuf peuf. Tous des zinzins, ces savants.

— Teddy, aujourd'hui, repos.

— Qu'est-ce qu'on fait ?

— Un monopoly ?

— Bébé.

— Ah, bien. Un peu de math modernes, alors ?

— Le monopoly !

Pour nous mettre d'accord, nous demandons conseil à Tutulle.

— Vous feriez bien de vidanger mon huile. Après cela, vous pourrez faire des dizaines de jeux électroniques sur mon ordinateur de bord.

Treize heures. Je laisse tomber Teddy et l'ordinateur pour préparer le déjeuner. A ce moment précis, la radio se met à grésiller. Prestement, je règle l'appareil et reconnais la voix de Dédé.

« ... empêchez les... nous... pas ça, vite... »

Puis plus rien. Bizarre. Je retourne au camping-gaz, sucre les nouilles, sale le pudding et confond la bouteille d'eau avec celle d'essence térébenthine.

Résultat : Teddy hurle et tempête qu'on veut sa mort, etc...

Moi, je les trouve bonnes, les nouilles !

Quant au pudding, il n'est pas plus mauvais que les gâteaux de grandes surfaces, alors...

Pour l'eau, je dois me rendre aux raisons de mon fils.

Avec la meilleure volonté du monde, il ne pourra jamais cesser de croire que j'ai essayé de nous empoisonner.

Comme il a l'air de s'ennuyer, je l'invite à m'aider à la vaisselle, ce qu'il accepte sans rechigner ! Incroyable ! Il doit être malade. Aussitôt après la vaisselle, petite sieste. Rien de tel que ce genre d'exercice pour vous faire digérer.

Mais les siestes ne sont pas éternelles (en principe) et je me lève bientôt pour essayer de m'occuper.

Teddy est en train d'arracher un arbuste d'une cinquantaine de centimètres, espérant, le pauvre, qu'il pourra le replanter dans notre jardin.

Je décide de l'aider car les racines n'ont pas l'air de céder. Une traction progessive et hop, en douceur.

Patatras ! La plante est venue d'un seul coup et je me retrouve les quatre fers en l'air, passablement ahuri.

Teddy se tord de rire. Il n'en finit plus et je sens que je commence à me vexer. J'attrape une casserole d'eau et lui envoie vivement le contenu à la figure.

Rire figé. Représailles immédiates.

Il s'empare d'un seau et, avec une force dont je ne l'aurais pas cru capable, me le balance sur la tête.

C'est le début d'une grande bataille à l'eau et à la crème à raser. Tutulle est de la partie. Je ne sais pas comment elle fait pour orienter ses gicleurs de lave-vitres, mais pardon ! Elle ne loupe pas souvent son coup. Enfin, à cours d'eau potable, nous cessons ce jeu des plus rafraîchissants : nous sommes obligés de nous déshabiller pour nous sécher quelque peu.

Ensuite, vous devinez ? Corvée d'eau ! Il faut bien la remplacer. Un ruisseau coule justement à deux pas.

Vous allez me dire que l'eau de ce ruisseau n'est peut-être pas potable. Vous oubliez quelque chose que vous n'avez d'ailleurs jamais su :

Nous possédons un filtreur électrique ! Alors, avec cet appareil, même du pipi de vache ferait de l'eau potable. Enfin, presque.

Le soir est enfin là et la nuit ne va pas tarder à tomber, mais Dédé n'est toujours pas arrivé.

Je guette en vain le bruit de l'hélicoptère, tout en pensant avec malaise à l'étrange phrase radio qui tout à l'heure m'a entraînée dans de si bizarres effets culinaires.

Bah, pourquoi s'inquiéter ? Il arrivera certainement demain matin.

En attendant, j'ai d'autres problèmes. J'ai une nouvelle fois mélangé sel et sucre et ne sais plus comment m'en sortir.

Le repas est tout de même mangeable, mon fils ne dit rien. Par contre, la vaisselle se fera bien toute seule. Je me couche dans la voiture à côté de Teddy. Là, j'ai une révélation des plus inattendues : je n'aurais jamais cru qu'en guise de lit, les fauteuils de voiture puissent être aussi confortables.

Je baisse tous les stores intérieurs « pour rester dans l'intimité » et essaie de m'endormir.

J'y réussis et me met de suite à rêver. Et je rêve... L'hélicoptère qui tombe en tournoyant, Florence accrochée à la branche d'un arbre, le prof en train de moisir dans une cave de Bélem, le même prof, tout souriant, qui me dit : « Comment mon ordinateur a atterri sur la tête du bandit ? La malchance, très certainement. » Puis le bandit en question se relève et me saute dessus. Je hurle. Je me réveille, quelqu'un m'a sauté dessus. Vite, j'allume. Ouf ! ce n'est que Teddy.

— Mais enfin, Teddy, qu'est-ce qui te prend ?

— Je rêvais que je sautais sur le bandit de l'ordinateur.

— Et moi que le bandit de l'ordinateur me sautait dessus ! Pas mal, non ? Je crois qu'on a besoin de repos. Recouche toi et dors.

* * *

Le jour se lève et j'ai très mal dormi.

Tiens, ça me rappelle une chanson de Sacha Distel.

Teddy, lui non plus, n'a pas l'air en forme.

Le pauvre ! Quand je pense à la façon dont il passe ses vacances ! Vite, un bon café bien chaud.

— Non, hurle mon fils, c'est le sel !

— Ah ? Tu crois ? Du sel dans le café, ce n'est pas très conseillé.

Dix heures. Toujours pas de Dédé.

Depuis dix minutes, j'émets sur la fréquence qu'il m'a indiquée ; mais n'obtiens aucune réponse.

A tout hasard, je contacte la société qui nous a loué l'hélicoptère.

— Mais oui, monsieur, monsieur Dupont-Durand nous a bien loué un appareil dans la matinée d'hier.

— Et pas l'après-midi ?

— Non. Il nous a payé sa location vers midi.

— Merci, mademoiselle, vous avez un joli sourire.

— La demoiselle a un joli sourire, papa ?

— Oui.

— Comment est-ce que tu l'as vu, par radio ?

— Heu... heu, c'est en rapport avec sa voix, tu comprends ?

— Mouhais.

Soudain, j'explose.

— Si ce cochon de porc, ce porc de cochon a fait la malle avec Florence, je l'étrangle !

— Calme-toi, papa, il a ramené maman et il a été empêché de revenir, c'est tout.

Je décroche le téléphone, appelle le standard et

demande une communication avec l'hôtel trois étoiles où devait descendre ma femme.

Quelle n'est pas ma joie et ma surprise d'entendre sa voix résonner dans l'écouteur !

— Marc, mon amour, comment vas-tu ?

— Bien, et toi ?

— Très bien, mais je commence à m'ennuyer. Comment vont Teddy et le professeur ?

— Heu... bien, très bien. Heu, je te laisse, le professeur, justement, il est très pressé. Je te rappellerai dans l'après-midi.

— Je t'embrasse.

— Pas facile, par les ondes.

Je coupe et reste songeur.

— Il est arrivé quelque chose à Dédé, papa.

— C'est l'évidence même. Mais où, quand, comment et surtout, pourquoi ?

— Tu lui demanderas quand nous le reverrons.

— Excellente idée, si nous devons le revoir un jour. En attendant, continuons.

— Sans lui ?

— C'est lui-même qui me l'a dit.

Je l'entends encore : « Si quelque chose ne tournait pas rond... » « ...Prenez bien soin de mon enfant chérie... »

A croire qu'il prévoyait cet incident.

Nous entassons rapidement tout le matériel dans Tutulle, qui n'a pas ouvert la bouche, et je démarre.

— Monsieur Libreville, le professeur a donc eu des ennuis ?

— Je le pense, mais comme il voulait que nous continuions, en avant cap sur Manaus. Nous n'en sommes pas plus éloignés que de Bélem, alors ce serait dommage de ne pas saisir l'occasion de faire quelques films.

Tutulle ne cherche pas à savoir qui tiendra la caméra et consent à repartir, suivant le programme prévu.

— Papa, je fais les films.

— Ne dis pas de sottises et laisse-moi conduire.

La voiture avance péniblement sur les petites souches qu'elle laisse après chaque arbuste coupé.

Petit à petit, la lame s'émousse et elle commence à couper, si Teddy me passe l'expression...

— Que fifre.

Voilà. Ce que je veux dire, c'est qu'elle coupe tout ce qu'elle voit, depuis l'eau jusqu'au sable, en passant par le beurre. Mais après...

— Je te dis que je sais filmer. Maman m'a appris.

— Et où étais-je, pendant ces cours privés ?

— A côté de nous.

— Mais bien sûr ? Et qu'est-ce que je faisais ?

— Tu tournais le volant.

— Ah ! Alors, je ne suis pas étonné, tu dois avoir raison. Filme donc si tu le veux, après tout, si la pellicule est gâchée, ce n'est pas moi qui paye.

Tiens, Tutulle s'arrête. Si les fougères la font reculer, il y a du soucis à se faire. Mais... en fait de fougères, c'est un énorme tronc d'au moins huit mètres de diamètre qui nous barre la route.

— Contourne.

— J'essaie... impossible, il y en a un autre à côté.

— Par la gauche alors. Marche arrière.

— Il y en a un encore plus gros ici.

— Zut, voyons plus loin.

Mais la voiture ne trouve pas de percée dans ces troncs immenses. J'ai bien peur d'être obligé de faire demi-tour.

— Si on passait par-dessus ?

— Comme si... mais si ! Tutulle vole !

A force de conduire sur ces terrains accidentés, j'ai complètement oublié cette particularité de Tutulle.

— Pourquoi ne le disais-tu pas ?

— Ce n'était pas prévu au programme.

— Eh bien, que le programme le prévoit.

— Pas sans l'autorisation de monsieur le professeur.

— A non ? C'est ce qu'on va voir. Si tu ne décolles pas immédiatement, pour surmonter cet obstacle, nous repartons à pied en te laissant pourrir ici toute seule.

— Vous ne feriez pas ça.

— Si, et c'est même prévu dans mon programme à moi.

— Bon, d'accord, je m'incline devant votre souveraine autorité d'intérim.

Et elle se moque de moi, en plus !

Mais comme elle vient de décoller, je la tiens pour quitte.

Arrivée au-dessus des arbres, l'impertinente prend son ton le plus mondain pour me demander :

— Et maintenant, cher ami, que faisons-nous ?

— Comment, qu'est-ce qu'on fait ?

— Ben oui. Si vous voulez aller quelque part, il faut prendre les commandes. M'élever dans l'air, c'est facile. Ensuite, pour la route à suivre, il faut ou bien me programmer, ou bien me conduire. Comme vous n'y connaissez rien en informatique, vous êtes obligé de me diriger.

— Tu aurais pu le dire avant. Comment fait-on ?

— Les commandes sont à droite sur la planche de bord. Ce sont les manœuvres avant, arrière, gauche et droite. Pour avancer, vous appuyez sur l'accélérateur et pour arrêter, sur la pédale du frein.

— Bien, essayons.

Pour lui apprendre, je pousse la manette en avant tout en appuyant à fond sur l'accélérateur.

Mais que se passe-t-il ? Nous venons de nous écraser le nez sur le pare-brise, tant le départ en MARCHE ARRIÈRE a été violent.

Vite j'enfonce la pédale du frein.

— Que s'est-il passé ?

— Sûrement une inversion des commandes. Refaites la même opération, mais en sens inverse.

— Ah, cette fois-ci, tout est correct.

— Vous vouliez me faire une drôle de surprise, mais tel est pris qui croyait prendre.

— Je ne pouvais pas deviner que les commandes étaient mal branchées. Si j'ai voulu te secouer un peu, c'était juste pour te dégourdir le moteur.

— Je vous en remercie grandement.

La voix est ironique. Tant pis, qu'elle croit ce qu'elle veut.

Taquin, je m'adresse à Teddy :

— C'est du cinéma parlant ?

Très froid, il répond :

— C'est du Super 8. Va à l'école.

Tout le monde me rabroue. Je vais perdre le moral, à force.

Pour me donner une contenance, j'appuie à fond sur l'accélérateur.

BA-ANNG !

— Une roue éclatée ?

— Non, le mur du son !

— Aow... le mur du son...

* * *

Manaus.

Enfin, les toits de Manaus.

Bien heureusement, nous arrivons à la nuit, ce qui nous permet de passer inaperçus. Une voiture volante dans le bassin de l'Amazone, ça ne doit pas être très courant.

Mais que faire, une fois arrivé ?

Dédé ne va sûrement pas nous attendre à l'atterrissage.

Finalement, je décide de chercher un camping, ou quelque chose qui en tiendrait lieu.

La chance est avec nous. Je n'ai pas roulé cinq minutes que je trouve un terrain portant la mention, sur affiche : camping trois étoiles.

C'est en réalité un champ d'herbe piétinée et le prix est exorbitant. Heureusement qu'il y a un consistant paquet de billets de banque dans le vide-poches. Sage précaution du prof.

Il y a une place libre entre un camping-car monumental et une caravane de deux étages, tirée par une voiture longue comme le « France ». Enfin, presque !

Depuis cinq minutes, j'émets sur la fréquence indiquée par le prof, mais en pure perte.

— Que fait-on, maintenant, me demande Teddy ?

— On dort.

— Il n'est pas neuf heures et on n'a rien mangé.

— Que veux-tu, quand je vois le banquet de nos voisins à la caravane et le festin de nos voisins au camping-car, je me sens rassasié pour la fin de mes jours.

— Toi, peut-être. Pas moi.

— Exact. Tu n'es pas moi.

Devoir de père oblige, je prépare un repas tout à fait nourrissant, composé de pommes de terre en salade, de pommes de terre frites, avec, comme dessert, des pommes... de pommier !

Décidément, j'ai envie de dormir.

Décidément, mon fils n'a pas envie de dormir.

— Papa, on fait un jeu électronique ?

— Dors.

— Mais il n'est pas dix heures...

— Cesse d'énoncer l'heure de cinq minutes en cinq minutes. Si tu n'arrêtes pas de me dire « il n'est pas encore », dans dix ans je n'aurais toujours pas pu fermer l'œil. Amuse-toi avec ton ordinateur et fiche-moi la paix. Heu.... allez, pardonne-moi. Et fais-moi la bise, je suis juste un peu nerveux.

Pauvre Teddy. Sous ma harangue, il pleurait presque.

Vraiment, Dupont-Durand exagère. Il aura même détruit nos liens familiaux, avec ses essais à la godille.

Heureusement, je m'endors sur ces bonnes pensées. J'aurais été capable de partir à pied à sa recherche pour lui affirmer de façon plus frappante ce que je pense de lui.

Je suis sûr que cette nuit, le juste n'a pas eu un sommeil meilleur que le mien.

Huit heures, Teddy dort encore.

Tiens, tiens, l'ordinateur, hum ?

Il n'est pas encore dix heures, hum ?

Je me penche sur son fauteuil, saisis la manette de réglage et... hop, le fauteuil se replie.

Conséquence immédiate réveil de Teddy.

— Ah ! Au secours... au fou !

La deuxième exclamation venant après qu'il eut compris que je suis le seul responsable de son problème.

— Alors, c'était bien, les jeux électroniques, cette nuit ?

— Quoi, j'ai arrêté à...

— A ?

— A onze heures.

Rapidement, il entreprend de passer de la tenue d'Adam — pas tout à fait quand même — à celle d'un honnête garçon pudique.

— J'essaie d'appeler le prof, si Tutulle est d'accord. A moins qu'elle dorme encore.

— Je ne suis pas paresseuse comme vous autres, minus d'humains. J'allais justement vous demander de l'appeler.

— Mais c'est qu'elle commanderait, si on la laissait faire. Une vraie maîtresse voiture !

Trois petits coups frappés à la vitre m'empêchent de continuer. Ça alors, je n'en reviens pas. Devinez qui est dehors ?

— Professeur !

— Professeur !

J'ouvre et je suis prêt à lui demander violemment quelques explications. Je n'en ai pas le temps.

— Ah, mon cher ami, si vous saviez ce qui m'est arrivé !

Ça sent le mélodrame.

— On m'a enlevé.

— Sans blague ?

— Comme je vous le dis. Heureusement que je ne suis pas tombé de la dernière pluie. Ni de celle avant-dernière, sans aucun doute.

— Entrez donc nous raconter ça.

Le professeur ouvre et s'assied l'air fatigué à l'extrême.

— Je venais de raccompagner votre femme. Comme j'allais prendre un casse-croûte au snack du coin, je m'aperçois que je suis suivi. Comme je ne suis pas poltron, j'entre dans le snack et je commande un steak-frites pendant que mon suiveur s'installe. Je n'ai même pas le temps d'entamer ma première frite que le bonhomme se lève et vient vers moi.

« Professeur DUBOIS-DUPUIS ? »

« Lui-même. »

« Je suis le délégué de la Ligue Anti-Favoritisme Dans le Choix des Marques de Voitures. La L.A.F.D. C.M.V. dont vous avez certainement déjà entendu parler. »

« En effet, cette ligue essaie par tous les moyens

de dissuader les gens qui sont entichés d'une marque d'autos. »

« C'est pourquoi, votre désir de fournir pour un dessein militaire un véhicule français d'une marque définie ne peut pas être accepté par notre ligue. »

« Je me moque totalement de ce que pense la L.A.F.D.C.M.V. Tout ce que je veux, c'est rendre service à mon pays. »

« Renoncez, ou votre identité sera dévoilée au public. Fini le prof disparu. »

« Aucune importance. Je pensais justement donner une conférence de presse à ce sujet. »

« Dans ce cas, nous sommes obligés de vous enlever. »

Il n'a pas fini de parler, que trois autres bonshommes, de la table voisine, me sautent dessus et m'embarquent sans même que le gérant du snack s'en aperçoive.

Evidemment, une voiture de la L.A.F.D.C.M.V. ne doit pas être choisie spécialement dans une marque.

C'est pourquoi les quatre gus m'ont fait monter dans un véhicule à devant de Porsche, arrière de Buik, côtés de Peugeot 604, tableau de bord de Jaguar, sièges de Cadillac. Si on sait que les roues sont celles d'une Talbot-Matra Murena à Pirellis P 6, si on sait que le moteur est un Lamborguini, que l'échappement provient de Volvo et la radio de Renault, on comprend aisément la mentalité de la boîte.

— Une voiture comme ça, ce doit être du tonnerre !

— Peut-être. En tout cas, on a roulé longtemps, mais comme on n'arrêtait pas de tourner, on devait faire du sur place. On a enfin stoppé et les zigotos m'ont enfermés dans une grange, avec une sentinelle. J'ai attendu et le temps passait, et je pensais à ma brave Tutulle...

Il s'interrompt et caresse le volant de Tutulle qui semble gémir de toutes ses soudures.

... Bref, à un moment, j'ai saisi l'occasion. Le brave gardien s'était endormi à son poste, ça lui a été fatal. La botte de paille qu'il a reçu sur l'occiput l'a proprement estourbi. Je n'ai eu qu'à tirer les verrous et à sauter dans le premier avion en partance qui me tombait sous la main. Et me voilà. Vous m'attendez depuis longtemps ?

— Nous sommes là depuis hier soir. Mais alors, vous avez eu une de ces aventures.

— Bof ! Moi, je vous croyais déjà repartis. Je vous ai trouvés grâce à l'émetteur de Tutulle.

— Quel est le programme, maintenant ?

— Eh bien, mais on roule !

CHAPITRE V

UN FROID DE PUCE

Le Canada nous défile sous les yeux à une vitesse fantastique, de la même manière que l'a fait quelques heures plus tôt l'Amérique centrale et les Etats-Unis !

Le but de Dédé est d'atteindre le pôle nord « pour voir comment se comportent les pneus cloutés ».

Complètement givré, le prof. Je pensais que ses récentes aventures le pousseraient à renoncer, mais il a l'air de plus en plus décidé.

— Je vous ai entendu dans la radio, pendant votre enlèvement.

— Par la radio ? J'essayais d'alerter quelqu'un. En fait, mes paroles s'adressaient surtout au gérant du snack.

— Et il n'a pas réagi !

— Je pense qu'il doit avoir l'habitude, ou alors on

lui a fait comprendre qu'il valait mieux qu'il reste passif. Au fait, comment va madame Libreville ?

— Aux dernières nouvelles, elle s'ennuyait ferme.

— Je la comprends. Après tout, elle était de l'aventure, au début. Elle doit râler de ne pas nous suivre.

— Oh, vous savez, les femmes râlent toujours pour quelque chose, alors...

Mais que se passe-t-il ?

Tutulle tombe soudain en piqué. Le sol se rapproche à une vitesse vertigineuse. Dédé se penche sur le tableau de bord et Tutulle prend la parole.

— Ce n'est rien, juste un Harrier qui nous suit depuis un moment, et qui semblait prêt à nous tomber dessus.

La voiture se tait pendant qu'elle redresse lentement à deux cents mètres du sol et entreprend de pousser son accélération.

Le givre s'accumule sur les aspérités de la carrosserie. Progressivement, la voiture accélère et remonte.

— Vitesse hypersonique réclame le prof.

Mais la brave Tutulle est secouée comme si elle avait des convulsions. La vitesse semble être par trop éprouvante. Pourtant, elle continue vaillamment. Sur nos Harrier, le arrière... pardon, sur nos arrières, le Harrier, menaçant.

— Impossible qu'il suive, gémit Dédé, pas à la vitesse hypersonique !

Pourtant, l'avion est toujours là.

Tutulle, piteuse, nous explique ce phénomène :

— Mon réacteur secondaire vient de lâcher et le principal est en surcharge.

— Comment est-ce possible ?

Tutulle a l'air vraiment agacée. Est-ce sa faute à elle si Dupont-Durand ne l'a pas construite assez solide ?

— Sûrement que Teddy est trop lourd, dit-elle pour essayer de se calmer et de calmer le prof.

— Moi, trop lourd ? A, ces filles, des petites natures.

— Tu as la monnaie de ta pièce, Tutulle.

— Et toi, Marc, un peu plus de respect pour mon rang !

— Ça alors ! Tutoie m'a Tutullé. Je veux dire : Tutulle m'a tutoyé !

Je veux demander à Dupont-Durand de faire justice, mais il m'envoie balader : il a d'autres chats à fouetter. L'un d'eux se trouve être un avion Harrier du genre collant.

— Je suis sûr que se sont eux

— Qui ? demande Teddy.

— Ceux de la L.A.F.D.C.M.V. Qu'en pensez-vous, Marc ?

— M'étonnerait. Si c'était eux, ils voleraient dans un avion fabriqué avec les éléments de treize marques à la douzaine.

— Eh là, les avions ne sont pas les voitures, papa.

— Tiens ? Je n'avais jamais remarqué !

— Exact, ils n'agissent pour rien d'autre que pour les marques d'autos. Mais Tutulle pourrait peut-être les neutraliser ?

— Si vous me le demandez si gentiment...

Soudain, une épaisse fumée s'échappe de nos arrières, noire à souhait.

— Ça ne les arrête pas.

— Ce n'est pas tout, déclare Tutulle. Je brouille leur radar, je viens de détruire leur radio et je sème des mines explosives à fragmentation.

— Tu vas les tuer !

— Pas de danger, les mines sont inoffensives, un petit bluf, quoi. Le nuage de fumée nous couvre, la panne de leur radar les empêche de nous voir et ils ne peuvent pas demander du secours par radio. Tout ceci devrait les dissuader de nous suivre.

Effectivement, au bout d'un moment le bruit du réacteur de l'avion s'éloigne et trois poitrines se dégonflent avec soulagement.

Tutulle, à sa manière, montre qu'elle aussi est contente :

Un looping, une remontée en chandelle, deux tonneaux bien barriqués...

Résultat, trois humains pêle-mêle les uns sur les autres, endoloris et un réacteur principal grillé.

— C'est malin, idiote !

Seul Dédé peut parler sur ce ton à Tutulle et si

elle avait pu rougir, elle l'aurait fait. De toute manière, comme elle est rouge naturellement...

Pour tout arranger, la nuit vient de tomber. Tant bien que mal, mais, vous vous en doutez, plutôt mal que bien, Tutulle se maintient en l'air, sur ses petits réacteurs de secours.

— Pour ta punition, déclare Dupont-Durand (Dubois-Dupuis pour les intimes) pour ta punition, ferraille, tu continueras toute la nuit.

Puis le professeur ouvre quelques boîtes, nous distribue notre repas et enfonce une musicassette dans le lecteur stéréo.

Adadgio di Albinoni.

A voir la tête que fait Teddy, il comprend que sa cassette ne plaît pas à tout le monde. (Suivez mon regard.)

Aussitôt, il change : Luis Mariano.

Teddy fait encore plus la tête.

— Mais enfin, qu'est-ce que vous voulez ?

— La paix.

— Allez, professeur, laissez tomber les cassettes et allumez la radio.

Après avoir trouvé une station, le professeur s'étend confortablement sur son fauteuil.

— Pas mal, déclare-t-il en écoutant le poste.

— Qu'est-ce que c'est, papa ?

— C'était l'adadgio d'Albinoni... tiens, maintenant, ils passent Luis Mariano. Curieux hasard, vraiment.

Je préfère me coucher. Que les fans de Mariano et Albinoni pardonnent les goûts à part de Teddy : il a l'air malade.

Tiens, un détail me rappelle le début de nos aventures. Les deux fauteuils avant rabattus ne donnent place qu'à deux personnes... et tout bien compté il se révèle que l'on est trois... alors...

Alors, rien du tout ! Je n'irai pas sur le capot, je ne suis pas fou.

Et comme le professeur dort déjà avec des ronflements « pachydermiques » (merci Teddy), j'éteins rageusement la radio, rabat mon fauteuil et invite mon fils à y prendre place à mes côtés.

Ce n'est pas large, une couchette pour deux et je suis peiné pour lui. C'est la faute à Dupont-Durand.

Demain, il va entendre parler de moi, je vous le dis. Et comme Teddy n'arrive pas à s'endormir, serré comme une sardine, mais n'osant pas bouger pour ne pas me déranger, je m'aplatis un peu plus contre la porte et lui chuchote ces quelques mots :

— Demain, il va le payer, on va lui apprendre.

— Ne t'inquiète pas, papa, j'y ai déjà pensé.

— Endors toi sur ces belles résolutions, rien de tel pour passer une bonne nuit.

Enfin, au bout d'au moins une heure, je cesse de le sentir bouger contre moi. Il dort, le pauvre. Moi, je ne fermerai pas l'œil de la nuit. Le montant de la porte n'est pas précisément doux et je sens ma colonne vertébrale qui en épouse la forme.

Le professeur ronfle. Dormez, professeur, dormez. Vous ne perdez rien pour attendre.

* * *

Dupont-Durand se réveille.

Deux paires d'yeux guettent le réveil de Dupont-Durand.

Dupont-Durand est réveillé.

Deux paires d'yeux suivent attentivement le déroulement de l'action. Soudain, Dupont-Durand commence à se gratter le dos. Ça le réveille tout à fait. Et il gratte. Il semblerait qu'il ne doive plus arrêter de se gratter.

— Ça alors ! Où est-ce que j'ai attrapé cette armée de puces ?

Deux sourires s'élargissent sur deux visages.

Puis je ris à tout rompre et Teddy rit à tout casser.

— Sûrement que Tutulle s'est mal lavée.

Parole imprudente, Tutulle peut nous trahir. A ma grande surprise, elle reste muette.

— Peut-être dans la grange où vous étiez séquestré ?

— Ça m'aurait gratté avant. Et cessez donc de rire bêtement, tous les deux, aidez-moi donc à me gratter.

L'aider à se gratter ! Et quoi plus !

— Je suis occupé à préparer le petit déjeuner.

— Et moi, je me rhabille.

— Bon, vous ne voulez pas m'aider.

Le pauvre Dédé cesse de ce contorsionner et vérifie notre position.

Tutulle vole toujours, mais très lentement. Au bruit de ferraille que nous entendons, il est évident que les réacteurs de secours n'en ont plus pour longtemps.

— Descend, Tutulle.

— En bas, c'est la banquise, mais nous ne sommes pas encore au point prévu.

— Ça ne fait rien, repose toi un peu.

Ayant dit, le professeur recommence à s'écorcher vif.

Décidément, il ne comprend pas ce qui lui arrive. Pourtant, en voyant nos mines réjouies, un instant le soupçon l'effleure.

— C'est peut-être une fièvre de la forêt vierge ?

— Je ne le pense pas.

— Suivez mon conseil, dès que nous sommes sur la banquise, mettez-vous à poil. C'est radical, les puces ne supportent pas le froid.

Je n'ai pas fini de parler que Tutulle touche le sol. Visiblement, le professeur hésite. Tout nu sur la banquise ? Evidemment, les puces mourront. Lui aussi, peut-être.

— A l'école, déclare Teddy, j'avais un copain qui était mangé par une puce. Comme elle le gênait beaucoup et alors qu'il gelait dehors, il s'est entièrement déshabillé et a attendu un moment. Puis il a remis ses vêtements. La puce ne le démangeait plus. Et il n'était même pas enrhumé ! Mais quel raffut dans le bahut. Les pions ont crié au scandale et la directrice est tombée dans les pommes. Elle n'en est sortie que pour prendre sa retraite !

La petite histoire de mon fils, pourtant véridique, a un effet décisif.

— Bon, j'y vais, mais je garde mes sous-vêtements.

— Cela va de soi.

— D'ailleurs, ils ne pourront pas grand-chose pour vous, les pauvres.

Trois minutes plus tard, il est dehors. Trois secondes plus tard, il me demande si c'est suffisant. Une minute après, je lui réponds que non. Une seconde plus tard, il veut savoir si c'est assez. « Deux minutes de plus, mon cher. » En fait ce sont trois minutes qui s'écoulent avant que je l'autorise à rentrer.

— C'est bizarre, vous êtes tout violet.

— Le nez.

— Non, tout !

Rapidement, il se rhabille et enclenche le chauffage en grelottant.

— J'espère que... atchoum... ça en valait la peine.

— Sans aucun doute.

Pendant qu'il était dehors, Teddy s'employait à éliminer toute trace de poil à gratter de ses vêtements. Si bien qu'il peut s'exclamer, heureux :

— Vous aviez raison, Marc, ça ne me démange plus. Atchoum ! Atchoum !

— Mais, vous êtes enrhumé !

— Très juste. Quelques cachets de ma fabrication et il n'y paraîtra plus, nous dit-il en nous montrant un petit flacon.

Puis il se penche sur le tableau de bord et consulte l'ordinateur. Le flacon de pilules est resté dans le vide-poches. Discrètement, mon fils le fait disparaître et le remplace par un autre.

— Si j'étais vous professeur, je prendrais vite un cachet. Vous êtes tellement mal en point que vous n'arriverez même pas à lire.

— Vous avez raison. Ath... ath... où est-ce... ce... tchoum ! ce flacon ?

— Dans le vide-poches, monsieur.

Dédé attrape les cachets, en avale un, hésite, en prend un deuxième en marmonnant : « pourquoi pas » et s'affaisse sur son fauteuil, le regard vide. Il dort déjà : le soporifique est puissant.

— Nous voilà vengés.

— Oui, fiston, il a eu ce qu'il méritait.

Je ne peux rien dire de plus car le fou rire me prend et Teddy ne tarde pas à me suivre dans cette voie. A moins qu'il m'ait devancé.

Nous sortons de la voiture, emmitouflés dans d'épaisses fourrures : nous n'avons pas de puces, nous.

Vrai, on y a été un peu fort, avec Dédé, il fait vraiment un froid de canard.

— Il a aimé mon poil à gratter.

— Je ne sais pas comment tu peux te trimbaler avec ça dans les poches. La fronde, le poil à gratter et puis quoi encore ?

— Oh, bien d'autres choses. Dis, papa, ils sont dangereux, ces cachets ?

— Aucun risque. C'est de son invention, alors...

— Dis, on fait la course, pour se réchauffer ?

Il est déjà parti, seul sur l'immensité unie.

Des visions m'assaillent, engendrées par de nombreuses lectures d'ouvrages d'aventures. Je m'imagine des ours polaires partout. Pour protéger mon fils, je m'élance, active mes jambes comme si elles couraient pour leur propre salut et rattrape Teddy peu à peu.

Au moment où je vais le rejoindre, ma chaussure non cloutée glisse sur la glace et je continue ma course sur l'arrière train, culbutant Teddy qui me tombe dessus. Je tente vainement de nous freiner pour éviter un amas de neige molle qui approche à une vitesse incroyable. Mais mes freins ne sont pas de taille et ça fait un gros ploc !

Aussitôt, mon démon de fils se relève et confectionne une boule de neige que je reçois en pleine figure avant de pouvoir dire ouf !

Mais, à trente ans, je ne suis pas encore moisi et je fais retour à l'envoyeur. La bataille se prolonge longtemps puis nous pensons enfin à regagner Tutulle, qui, de toute évidence, doit commencer à s'ennuyer. Nous reprenons le chemin du retour et la voiture est déjà visible quand nous nous retrouvons nez à nez avec trois drôles de petits bonshommes, emmaillotés de fourrures blanches, l'œil rieur. Notre vue doit leur être agréable car ils éclatent tous de rire. Puis l'un d'eux m'adresse la parole mais je n'y comprends...

— J'y comprends que fifre, papa.

Voilà !

— Are... heu... dou you... heu... speak english ?

— Yes !

Et il se remet à baragouiner, en anglais cette fois, mais c'est encore pire. Pourtant, Teddy a l'air de comprendre.

— Il dit qu'on les a bien fait rire en se lançant de la neige.

— C'est amusant pour les participants. Demande-leur pourquoi ça les a amusés.

Teddy place sa phrase, attend la réponse et se retourne vers moi :

— Ils disent qu'ils n'ont pas l'habitude de voir un homme s'amuser comme un simple child.

— Child ?

— Enfant. C'est pas naturel, chez eux.

— Je vois. Faut-il que je me vexe, ou que je m'enorgueillisse ?

— Aucun des deux. Reste simplement un bon père heureux.

Paf ! C'est envoyé. Je sais maintenant ce que tu penses fils.

Mais le loustic reprend ses couinements sinistres.

— Il veut savoir d'où on vient et ce qu'on fait là.

— Explique-lui pendant que nous retournons à la voiture. Je leur offre un pot.

Tous trois ne se font pas prier.

Ils sont très surpris de voir notre professeur roupiller sur son fauteuil. Teddy leur dit que ce monsieur, justement le professeur mécène qui finance l'expédition, s'est trouvé malade et qu'il se repose.

Tutulle possède, entre autres instruments, un traducteur linguistique électronique. La conversation que je rapporte est donc consignée dans notre langue.

— Qu'a-t-il, comme maladie ?

— La maladie du sommeil, provoquée par les poils à gratter d'une plante arborescente de l'Amazonie. Cette plante s'appelle couramment : « Deux fauteuils pour trois » ou encore : « Vengeance aux puces ».

— Ça se soigne ?

— Uniquement par le froid de la banquise. Vous restez déshabillé pendant cinq minutes dehors et le microbe meurt.

— Quelle étrange maladie.

— Vous avez un véhicule étonnant, fait remarquer le deuxième de nos visiteurs.

— En France, il est très courant.

— Ah ?

— Mais que pensez-vous trouver ici ? Le troisième vient de poser la question.

— On est juste venu tester les pneus cloutés.

— Hein ?

Il est évident que ces braves gens nous croient fous.

Je laisse l'imagination débordante de Teddy aplanir les choses. Il reprend sur la « maladie » de Dédé.

— Vous comprenez, c'est lui qui commande. Il ne savait pas ce qu'il faisait car ça l'a rendu un peu... bizarre... et dangereux. On a obéi.

— Je vous comprends. Et si il nous voit ?

— Plus de danger, il est guéri.

— Ah bon. Pourtant, nous devons partir. Nous vous souhaitons bonne route, quoiqu'il n'y en ait pas, ici.

— Avant de disparaître, emportez quelques provisions... au revoir, les amis.

Après quelques remerciements et formules de politesse, les trois hommes s'en vont. Il était temps, car Dupont-Durand se réveille.

— Ah. Mais j'ai dormi !

— C'est l'évidence même, cher professeur.

— Longtemps ?

Coup d'œil à ma montre. Teddy m'a devancé :

— Plus de trois heures et demie. Il est presque midi.

— Bon, on mange et on continue. Franchement, je ne comprends pas pourquoi je me suis endormi.

— Sûrement l'effet des cachets.

— Atchoum ! Vous croyez ?

— Trois natifs d'ici sont venus prendre le café avec nous. Ils m'ont certifié qu'il faisait aussi froid ici que plus au nord et que ce n'était pas la peine d'aller plus loin pour essayer quoi que ce soit.

— Des natifs... at... at des natifs ? Bu le café avé... avec... at... at avec vous ?

— Regardez les tasses.

— Tchoumm ! Je vois. Ils ont dit ça ?

— Oui.

— Je veux bien les croire, puisque ils sont d'ici.

— Vous pouvez leur faire confiance. D'ailleurs, je réponds d'eux.

Le prof acquiesce, éternue et commence à préparer le repas.

Sitôt après manger, le moteur de la voiture vrombit et je me lance dans des évolutions dangereuses sur la glace.

Les pneus accrochent, le prof est ravi. Pendant tout l'après-midi, il s'active à réparer les réacteurs, peinant à la tâche, engourdi par le froid.

Il s'étonne de nous voir installer la tente.

— C'est pour Teddy et pour moi. Il n'y a que deux places dans la voiture.

— Tiens ? C'est vrai. Vous avez raison, montez donc la tente.

Cette dernière est isolée au maximum, mais ce n'est pas suffisant. J'y ajoute deux radiateurs électriques marchant sur accus, à l'opposé l'un de l'autre.

Je compte aussi beaucoup sur la chaleur animale de nos corps pour ne pas mourir de froid.

Il paraît que c'est une mort désagréable et peu glorieuse.

Ici gisent deux français morts d'un refroidissement.

Triste plaque funéraire, s'il en est : Non merci, pas pour moi. Et quand je pense que je me pleignais de la chaleur, en Afrique !

Pensons à des choses plus gaies. Où ai-je mis mon testament ?

Il faut que je le modifie et que je mentionne Tutulle. Je la lègue à Dédé, à la conditioin qu'il invente la tente auto-chauffante et qu'il lui donne notre nom.

S'il ne le fait pas, nous irons toutes les nuits le tirer par les pieds.

CHAPITRE VI

LA MER AMÈRE

Le professeur a dû travailler très avant dans la nuit pour réparer les réacteurs de Tutulle. Teddy et moi-même sommes couchés depuis longtemps, serrés l'un contre l'autre, tout habillés dans notre sac de couchage. Les radiateurs électriques, heureusement, entretiennent une certaine température. Alimentés par un groupe électrogène insonorisé, ils rougeoient.

Il est minuit et Dédé cesse de travailler. Je l'entends éternuer puis claquer la porte de Tutulle. Peu après, je m'endors enfin.

Il me semble que je viens juste de sombrer dans le sommeil quand je me réveille. Coup d'œil à ma montre : cinq heures trente. L'air, dans la tente est glacial. Teddy bouge et se réveille à son tour. Il frissonne.

Les radiateurs sont éteints. A l'extérieur, le doux ronron du groupe s'est tu.

— Je comprends. Il n'y a plus d'essence dans le réservoir.

— Le plus embêtant, c'est que toute la réserve est épuisée. Il n'en reste même plus assez pour remplir un briquet.

Visiblement, Teddy est transi. Je le force à enfiler un pull supplémentaire avant de l'enrouler dans une couverture.

Je répète l'opération en mon honneur puis me recouche tout contre lui. On finira la nuit comme ça.

A huit heures, le prof vient nous réveiller et redisparaît aussitôt dans la voiture. Il n'a pas desserré les dents, le froid n'est pas son élément préféré. Rapidement, nous plions la tente, empaquetons et rangeons tout le matériel. Enfin, nous rentrons dans la voiture où le professeur nous a préparé le petit déjeuner. Ça fait du bien de boire chaud. (Tiède, les accus sont à plat.)

— Marc, pendant que vous établissez le programme de vol, je vais essayer de faire démarrer Tutulle. La batterie n'en veut plus, mais faites-moi confiance, je suis rusé.

Il sort, soulève le capot, tripote. Une pluie d'étincelles jaillit... une explosion violente retentit... et le moteur tourne !

— Voilà qui est fait.

— Non sans peine, à ce que je vois. Vous êtes tout noir !

— Ce sont les étincelles. Allez, on peut partir.

Tutulle, qui n'avait pas encore ouvert la bouche, se permet de demander si elle est obligée de nous suivre. Son ton est pincé.

— Non seulement de nous suivre, mais aussi de nous porter.

— Vous êtes bien exigeant, mais allons-y.

Trois secondes après, nous volons au-dessus de la banquise, à la grande stupéfaction des trois esquimaux qui sont encore dans les environs.

« Ils ont de ces voitures, en France ! »

Tutulle a l'air en pleine forme physique. Son moral, par contre, a l'air au plus bas. Dupont-Durand lui demande ce qu'elle a.

— Vous me traitez d'idiote la veille et vous vous attendez à ce que je vous sourie le lendemain ? J'ai une mémoire d'éléphant et un caractère de chien. Enfoncez-vous bien ça dans la tête.

— B... bien.

Au-dessous, c'est la Norvège. Nous n'avons pas perdu de temps.

Le prof a préparé le repas. Il s'y entend, en cuisine et il y prend goût. Teddy dort depuis le départ.

— Cette nuit, nous serons en France, déclare Dédé.

Comme si cette phrase était un signal, mon fils se réveille.

— Si vite !?

— Enfin, si mes réparations tiennent.

— Tutulle fait presque la pige au « Concorde ».

— Cet enfant est le plus intelligent de vous trois, déclare l'intéressée, flattée.

Dédé est jaloux. Moi, je suis fier. Mais les prévisions du cher homme sont exactes. La tour Eiffel à deux heures du matin en voiture volante, ce n'est pas tous les jours que ça vous arrive.

Le prof programme son ordinateur qu'il couple avec le pilote automatique. Aussitôt, la voiture change légèrement de direction.

Résultat : Nous finissons la nuit chez nous, à Bordeaux, avec Florence qui nous y a précédé par hélicoptère.

Vous ne pouvez pas savoir ce que ça fait du bien de retrouver son chez soi, après une telle équipée. Sa salle de bains, ses W.C., ses fauteuils confortables, sa télévision.

Le professeur occupe la chambre d'amis et Tutulle le garage, d'où j'ai sorti ma vieille 2 CV.

2 CV qui finira sa vie chez le voisin qui s'en servira pendant encore plus de cinq ans, pour aller chasser dans les bois des Landes où il a une petite maison de campagne.

* * *

— Non, non et non. J'y suis, j'y reste.

— Croyez bien que si j'avais pu prévoir un refus

aussi catégorique, je me serais arrangé pour que nous passions la nuit ailleurs qu'ici.

— Justement, vous auriez dû vous douter que j'en avais marre.

— Que non. Je vous croyais de mon côté.

Depuis au moins une heure, le professeur discute avec moi pour m'inciter à reprendre les essais. Et depuis au moins une heure, je discute avec lui pour l'inciter à cesser ses essais. Conversation de sourds qui n'a toujours pas abouti.

— Je vous propose un marché, Marc.

— A votre avantage ?

— A notre avantage. La Méditerranée n'est pas loin. On peut continuer le programme jusque-là pour éprouver la solidité de la peinture. Ce n'est quand même pas la mer à boire !

— Justement, peut-être que c'est la mer à boire, si Tutulle n'est pas étanche.

— Vous pouvez me faire entièrement confiance. Donc, on continue jusque-là et après, si vous en avez toujours marre, vous pourrez toujours arrêter. Je vous garantis que ça vaut la peine de continuer.

— Peut-être, mais depuis un mois ou presque qu'on est partis, je ne travaille plus et ne gagne plus de quoi nourrir ma famille.

— Ne vous inquiétez pas à ce sujet, vous serez largement dédommagé.

— Bon, je veux bien essayer la Méditerranée, mais c'est tout.

— Promis.

Ayant dit, le professeur se lève, quitte le salon et rejoint Florence dans la cuisine. Que peut-il bien avoir à lui dire ? En tout cas, il parle un bon moment avec elle avant de remonter dans la salle de jeux où s'est réfugié Teddy. Là, nouveau conciliabule mais plus court, cette fois. Et comme ils me rejoignent, tous trois dans le salon, je remarque sur leur visage un air de conspiration qui ne me plaît pas du tout.

— Ça va, Florence ?

— Mais oui, chéri, très bien. Le professeur m'autorise à vous accompagner.

— Si il juge qu'il n'y a pas de danger, je suis d'accord. Toi Teddy, tu as l'air tout chose.

— Je me demande ce que je vais enregistrer pour la fin du voyage.

— A mon avis, « Afrique adieu » serait d'actualité.

— Comment, Marc ! On y retournera, en Afrique.

— Ah non. Je ne vais que dans la mer.

— Vous y retournerez pour me ramener chez moi.

— Bon, ça marche. Et quand partons-nous ?

— A mon avis, nous pourrions attendre demain matin. Nous aurions le temps de reprendre des forces : nous avons du chemin à faire.

— Pas trop jusqu'à Marseille.

— Premièrement, on évitera Marseille. Ensuite, je parle de chemin... Heu... sous-marin.

Et ainsi fut fait.

L'après-midi, le professeur partit en ville chercher des provisions, Florence acheva son ménage en retard, Teddy lava Tutulle pendant que je la révisais.

Le soir, nous nous couchâmes de bonne heure.

Maintenant, nous volons au-dessus de la « grande mer », bleue à souhait. Nous sommes à basse altitude, heureusement pour le cœur de leur capitaine, nous ne croisons aucun bateau.

Enfin, Dédé donne le signal et j'abaisse les commandes, progressivement. Tutulle, nez en avant, pique vers les vagues. J'appuie sur la pédale du frein pour réduire la vitesse jusqu'à dix kilomètres heure. Tutulle s'enfonce lentement dans les flots. Bientôt, nous sommes entièrement immergés et l'étanchéité, à première vue, semble bonne.

Le prof ne se tient plus de joie, Teddy exulte et Florence filme. Moi, je conduis. Mais... mais, que ce passe-t-il ? Ah, je comprends. Et plus vite que Dédé.

— Nous remontons à la surface. Avez-vous prévu des réserves de lest ?

— Heu... c'est-à-dire...

Il réfléchit quelques secondes puis reprend, tandis que la voiture refait surface :

— Nous allons nous servir des quatre réacteurs de coin.

— Quels réacteurs ?

— Ceux que vous avez eu l'honneur d'étrenner sur les pistes d'Afrique.

— Hum, je vois. Seront-ils assez puissants ?

— Reprenons la manœuvre.

Une nouvelle fois, Tutulle s'élève, reprend de la vitesse et pique du nez dans l'eau. Le réacteur principal arrière nous permet d'atteindre le fond en un temps record. Puis le professeur se penche par-dessus mon épaule (il est derrière moi) et se met à pianoter sur un certain pupitre que j'avais complètement oublié. Effet immédiat : la voiture se stabilise et reste immobile sur le sol vaseux. L'idée de Dédé est d'avancer normalement, comme sur une route, avec l'aide du moteur. Mais les roues patinent sur les algues et la vase. Nous abandonnons cette solution et appliquons ce qu'il appelle son « programme de rechange ». Très simple, celui-ci consiste à se servir du réacteur principal au minimum de sa puissance.

Tutulle avance lentement sur un sol où ses roues s'enfoncent plus qu'il est souhaitable. Son créateur n'en a cure et le monde sous-marin défile sous nos yeux, multicolore. Florence saute sur sa caméra et la braque plus vite que dégaine Luky-Luke, menaçant d'innocents poissons.

On peut voir des poissons rouges, des bleus, des gris, des blancs, des noirs, des poissons chats et des poissons souris, des poissons rats et des poissons tapettes, bref, toute la gamme.

Et aussi des poissons bouteilles-vides, des poissons vieux pneus et tout un bazar d'autres poissons de plastique dont il est impossible de trouver une ressemblance avec quelque chose de connu.

Quand on dit que la Méditerranée est la mer la plus polluée, je crois bien qu'on a raison.

Maintenant, il y a même une Tutulle rouge dedans.

— C'est assez, professeur ? On remonte ?

— Oh, non, Marc chéri. Je commence à filmer.

— Allons, Marc, quelques minutes de plus ou de moins.

Je suis prêt à les envoyer balader proprement mais Teddy m'en empêche :

— Je crois que je suis en train de trouver des sujets de rédaction.

Teddy est premier de sa classe en français. Si il y avait un tableau d'honneur, il y serait tous les mois. C'est notre fierté, alors, comment voulez-vous que je le prive de quelques sujets de rédaction ?

— On mange, papa ?

Ciel ! L'heure du repas est passée depuis longtemps. Je n'ai pas vu tourner les aiguilles. Sûrement à trop voir tourner les poissons autour de la voiture.

— Un repas dans la Méditerranée, à bord d'une auto, ça mérite d'être filmé, non ?

— Excellente idée, madame. Suivez-moi dans le

périlleux exercice d'ouverture de cette boîte de lentilles aux saucisses.

— Pauvre Dédé, il ne croyait pas si bien dire. La boîte est à peine ouverte que d'un geste maladroit... il se la flanque sur les genoux, sous l'œil fixe de la caméra. Du rire en perspective pour nos vieux jours, à la veillée. Dédé fulmine. Moi, j'ai d'autres chats à fouetter. En effet, Teddy est en train de s'étrangler. De rire. Mes efforts pour le calmer ne font qu'augmenter la gravité de son cas et il devient violet à force de ne plus pouvoir respirer. J'avoue que je ne peux pas garder mon sérieux non plus. Par contre, Florence reste de glace et continue de filmer la scène. Son devoir passe avant ses distractions.

Dans un vain désir de se nettoyer, notre illustre homme de science ne fait qu'étaler davantage le contenu de la boîte sur ses vêtements.

« Comment peut-on se nettoyer convenablement dans une voiture ? », semble-t-il penser. Alors il saisit la poignée et ouvre la porte. Je n'ai que le temps de me jeter sur la dite poignée pour éviter la catastrophe, en la tirant de toutes mes forces.

Heureusement, du fait de la pression, très peu d'eau est rentrée. Cependant, le professeur l'a reçue en plein sur son pantalon, ce qui a pour résultat d'étaler encore plus la « sauce ».

Je crains l'asphyxie pour Teddy.

Florence reste sérieuse comme un pape. Je n'arrive

plus à me tenir les côtes. Enfin, peu à peu et comme Dédé réussit à changer de pantalon, le calme revient dans la voiture et mon fils n'est plus secoué que par de fréquentes convulsions nerveuses. Au bout d'un moment, elles disparaissent aussi.

L'objet de tant d'émoi a ouvert une autre boîte et nous attaquons le repas. Soudain, au milieu de sa fourchette, Florence se met à hennir comme une jument en folie, mais à hennir, à hennir... les larmes aux yeux. Elle a maintenant le teint de mon fils quelques instants auparavant. Pour elle aussi, je crains l'asphyxie.

Une minute, trois minutes, cinq minutes et elle ne se calme toujours pas. Surtout que Teddy est reparti. Enfin, elle s'assagit et je lui demande des explications, qu'elle me donne en souriant largement :

— C'est la réaction « post-opératoire ».

— « Post-opératoire ? »

— Les docteurs disent comme ça. Je veux dire que c'est une réaction nerveuse qui survient après coup.

— Je vois. L'action se déroule et madame reste de glace. L'action est finie, tout le monde est calme et madame se déchaîne.

— C'est tout à fait ça.

— Mais vous êtes bien rouge, mon cher Dupont-Durand.

— Dubois-Dupuis, mon ami. Si je suis rouge, c'est que j'ai chaud.

Pauvre Dubois-Dupont. Il est tellement vexé par notre manière de se moquer de lui... vrai, nous ne sommes pas très charitables. Mais faut pas pousser ! Teddy essuie ses larmes. Il aura de drôles de souvenirs de vacances.

Tout à coup, Tutulle tangue et plonge du nez. La pente ainsi créée est forte et le réacteur s'est arrêté automatiquement.

— Que se passe-t-il, Tutulle ?

— Un trou, professeur.

— Ah ça ! Tu ne pouvais pas l'éviter ? Tu es aveugle, peut-être ?

— C'est-à-dire... il y a une algue collée sur l'objectif de ma caméra et...

— Et ton radar-sonar spécial ?

— C'est-à-dire... il y a une algue collée sur l'antenne et...

— Et je vois le résultat. Sors de là-dedans tout de suite.

— Je voudrais bien, mais c'est vous qui avez les commandes.

— Très juste. Marc, voulez-vous ?

— Bien sûr. Je n'aime pas que mon nez écrase le pare-brise.

La manœuvre est très simple : le rétropropulseur avant déloge la voiture de son trou qui remonte suivant un certain angle contré par les deux mini-réacteurs arrières de coin.

Tutulle se retrouve sur la terre — presque — ferme et nous, nous nous retrouvons dans une position plus normale pour repartir aussitôt nous dirigeant « de visu » pour éviter les accidents de terrain.

Le professeur estime que nous ne sommes pas assez restés sous l'eau. J'estime moi-même que c'est plus que suffisant et le fais comprendre à Dupont-Durand, essayant de l'inciter à arrêter.

— Cinq minutes et on remonte.

Tutulle peine maintenant dans les algues de plus en plus hautes. Puis la visibilité diminue rapidement, comme si l'on entrait peu à peu dans une zone nuageuse. Mais il n'y a pas de nuages dans la mer Méditerranée. Dans les autres mers non plus, il me semble.

Nous avons soudain la révélation de la cause du phénomène. De la manière la plus simple qui soit. Une giclée de boue noire envahit le pare-brise. Je fais virer Tutulle et jette un œil (attaché à un ficelle pour pouvoir le récupérer) par la vitre latérale : un énorme tuyau de béton crache un consistant flot de « matières grasses » (comme dans le beurre) à un débit effrayant. Je met une énorme minute à comprendre que nous nous trouvons aux prises avec un tuyau d'évacuation d'usine.

— Mais enfin... c'est la France qui envoie ça ?

— La France ou l'Italie. Peut-être l'Espagne.

— Comment ? Votre carte doit vous dire où nous sommes exactement. Si vous savez la lire.

— Il se trouve que ma carte est décorée de saucisses aux lentilles et que je m'en suis servi pour m'essuyer le pantalon avant que votre aimable fils cesse enfin de rire pour me passer une serviette.

— Alors, on est perdus ? Cette gueule d'enfer qui nous crache du « ketchup » à pleins poumons sur le pare-brise est une compagnie des plus agréables, vous en conviendrez.

— J'aimerais savoir ce que c'est.

J'ai employé tout à l'heure l'expression « matière grasse » en rapport avec la consistance de ce sirop du Diable.

En effet, les essuie-glaces, pourtant alourdis, ne parviennent pas à le chasser et laissent des traînés artistiques sur le pare-brise.

C'est d'un chic ! Picasso serait inspiré.

Nous, nous sommes écœurés.

— On se renseignera en haut ce n'est pas normal, une telle pollution (1).

En attendant, on remonte.

Sous l'action de mon impatience, la 1100 bondit littéralement à la surface. C'est compter sans les lubies

---

(1) Renseignement pris, il fut constaté que l'entreprise nationalisée qui crachait ainsi sa pollution était tout à fait en règle. Le « ketchup » étant épuré, même les écologistes n'ont rien trouvé à dire, ce qui est une référence. Par arrêté gouvernemental, nous ne pouvons pas divulguer le nom du pays concerné. (Note de Teddy, méticuleux.)

de ma femme : très calme, elle me dit avec son ton des grands jours de grande casse :

— Redescend immédiatement et remonte très, très, très lentement, que je puisse filmer correctement. Sinon, tu risques m'entendre

Je lui obéis.

Lentement, la voiture remonte et Florence est aux anges. Elle a pris un film sensas et regrette que son malotru de mari ait gâché quelques mètres de pellicule.

Moi qui croyais la voir sauter de joie en voyant que j'étais pressé de la ramener à la maison ! Et de m'y ramener aussi par la même occasion, accompagné de Teddy.

A la surface, la nuit est tombée et les rivages sont lointains.

— Vous me ramenez chez moi, Marc ?

Enfin, ce n'est pas trop tôt !

— Je m'en ferai un plaisir, professeur. Indiquez-moi seulement la route à suivre.

Au terme de longs calculs, Dédé programme l'ordinateur de route et Tutulle prend de la vitesse à cent mètres d'altitude, fonce vers une grande mechta, ou un petit château, comme vous voudrez.

Château atteint en peu de temps grâce à la diligence de notre véhicule, lui aussi pressé de rentrer au garage. Si ses chevaux n'étaient pas mécaniques, je jurerais qu'ils sentent la proximité de l'écurie.

Mohamed nous attend sur le seuil. Il a l'air ravi de nous revoir. Pourtant, la communication radio de son patron a eu l'air de le surprendre. Il me salue et me regarde avec un petit air en dessous auquel je ne fais pas attention. Erreur qui me coûtera bien des désagréments.

Nous retrouvons nos chambres et notre salon. Dédé a disparu vers ses appartements. Il est fort probable que nous le verrons pas au repas, occupé qu'il doit être à trier ses renseignements scientifiques, de l'hébreux pour moi, du chinois pour Florence, de l'araméen pour Teddy.

La cloche sonne. Mohamed a servi le repas : ne le faisons pas attendre, ce serait manquer de civilité envers nos estomacs.

CHAPITRE VII

« JE RÊVE, DES MIRAGES ! »

Je me suis trompé, le professeur assiste bien au repas, qui est délicieux : Mohamed s'y entend.

— Monsieur Libreville...

Je vois que quelque chose cloche. Ça fait pas mal de temps que le professeur m'appelle par mon prénom, le « monsieur » est incongru.

Et pourquoi a-t-il l'air gêné, soudain ? Je sens qu'il va me gâcher cette si bonne blanquette de veau.

— Ça vous dérangerait de me conduire à quelques kilomètres d'ici ? J'ai une petite course à faire.

Ah ! Si j'avais su de quelle « petite course » il s'agissait, j'aurais refusé tout net. Seulement voilà, je ne suis pas voyante extra-lucide.

— Si ça peut vous rendre service, pourquoi pas ?

— Ah, Marc, je vous remercie. J'étais bien embêté.

— Vous savez, un jour de plus ou de moins... mais

que va dire Fiolefiente ? Et d'abord, quels sont vos projets concernant Tutulle ? Je me suis attaché à elle, vous comprenez. Je ne voudrais pas qu'il lui arrive quelque chose.

— Rassurez-vous, Fiolefiente, votre supérieur, a été prévenu. Quant à Tutulle, l'emploi que je lui réserve n'est pas dangereux pour sa santé. Ce sont ses sœurs que je proposerai à l'armée.

Malgré les paroles rassurantes de Dédé, j'ai comme un mauvais pressentiment et je n'ai plus faim. Je savais bien que cette blanquette de veau me serait gâchée.

— Il se fait tard, peut-être qu'il serait temps d'aller nous coucher. Il faudrait partir vers huit heures, demain matin.

— Entendu. A demain, professeur. Bonsoir Mohamed.

Je précède ma famille dans l'escalier menant à nos appartements et nous nous couchons rapidement.

Pas pour dormir. Du garage montent des bruits étranges, comme si on bricolait sur Tutulle. Me levant, prêt à la défendre, je distingue le professeur et Mohamed par la fenêtre. Ils s'affairent autour d'elle.

— Que peuvent-ils bien fabriquer ?

— Ne t'inquiète pas, mon chou. Viens dormir.

* * *

Le soleil nous cuit la peau. Vitres grandes ouvertes malgré la poussière qui s'engouffre, Tutulle roule sur la piste.

A l'intérieur, l'équipe habituelle. Florence qui ne filme plus, Teddy qui n'écoute plus son walkman et le professeur qui ne calcule plus. Pour confirmer la règle, moi, je tourne toujours le volant.

Heureusement, nous arrivons à destination avant midi, ce qui nous permet d'engloutir quelques provisions avant d'entrer sur... sur l'aire d'atterrissage en béton armé où le prof a rendez-vous !

Ce dernier disparaît dans une construction de tôles ondulées et ressort presque aussitôt pour examiner trois beaux Mirages 5 flambants neufs, qui occupent la piste. Puis il revient vers nous et caresse la voiture qui n'a pas ouvert la bouche de la matinée.

— Nous allons rentrer avec Tutulle, me jette le prof en prenant place à l'arrière.

J'exécute la manœuvre en le laissant me guider. Quelle n'est pas ma surprise de me retrouver à côté de l'un des avions, à moins de dix mètres de ce monstre de métal !

— Expliquez-moi ?

— Nous allons faire un petit essai, juste pour voir si la voiture est aussi nerveuse que les avions.

— Je croyais que c'était fini.

— Oh, papa, ça va être drôlement chouette. La course du siècle. Avec toi comme pilote, je suis fier.

— Si maman avait su ça le jour de nos fiançailles, elle n'aurait jamais essayé de retarder notre mariage.

— Heu... si vous y allez par les sentiments... essayons !

— Nous attendons le signal de la tour de contrôle. Ça ne saurait tarder.

En effet, deux minutes plus tard, la radio annonce que tout est prêt et que le compte à rebours commence.

Des hommes enlèvent les cales de deux Mirages. Les cockpits se referment.

...quatre... trois... deux... un... GO !

J'écrase l'accélérateur en poussant les commandes à fond.

Tutulle, réacteur emballé, bondit en avant et s'élève à une vitesse foudroyante. Le bruit du propulseur est tout simplement apocalyptique. Mais malgré cet échantillon de science brutale, les Mirages sont plus rapides et sont déjà loin en avant. Le professeur prend le micro :

— Vous êtes plus rapides au démarrage. Soit. Essayons la vitesse de pointe.

Majestueusement, les avions amorcent une boucle et viennent se placer chacun d'un côté de notre véhicule.

Je maintiens mon pied au plancher mais les deux appareils grignotent rapidement.

— Emergency, Marc !

— Emergency !

Je casse le plomb qui retient un petit levier, que j'abaisse d'un coup. L'effet est terrible. Tutulle fait un nouveau bond en avant et il est impossible de s'entendre tant le bruit du propulseur est élevé. Le givre recouvre toutes les parties de la carrosserie exposées. Le pare-brise est épargné à grand peine grâce au puissant système de chauffage.

Les structures vibrent et cognent, mais malgré cet apport de puissance, les avions gagnent toujours.

— Vous êtes encore les meilleurs, hurle le professeur dans son micro. Essayons la maniabilité.

Sitôt dit, sitôt fait. Les Mirages se lancent dans des loopings, tonneaux et chandelles à donner le vertige à Pierre Clostermann lui-même.

Tutulle n'est pas en reste. Les commandes et les réacteurs sont couplés avec l'ordinateur.

Grâce à cet élément déterminant, et grâce à nos réacteurs de coin et de côté, nous ne faisons pas piètre figure auprès des avions de guerre. Je ne crains pas de dire que mes acrobaties restent pour moi l'un de mes meilleurs souvenirs, malgré nos harnais nous déchirant les épaules et malgré que nous ayons le cœur au bord des lèvres.

Et sur l'aire d'atterrissage, une joie nous attend.

Les observateurs au sol ont calculé, ce que nous savions déjà, que Tutulle est moins nerveuse et rapide que les chasseurs.

Par contre et c'est la joie, elle se révèle plus maniable.

— Je suis fier de mon véhicule.

— Buvons en son honneur !

Quatre personnes nous précèdent vers les baraques de tôle. Comme le dernier s'efface pour nous laisser passer, surprise !

Si à l'extérieur les constructions sont vétustes, à l'intérieur nous constatons un confort digne d'une salle d'étude de gros P.D.G.

De gros P.D.G. ayant du goût car dans l'espace réduit, des meubles d'époque sont disposés, les murs sont recouverts de tapisseries anciennes et le sol de tapis persans. (Non percés.)

Je dis persans parce que la mode veut qu'il en soit toujours ainsi pour ce genre de tapis. Vous voyez ce que je veux dire, de toute façon.

Sur le bureau ministre, aussi long que le local, des verres sont disposés. Le « chef » de l'aéroport militaire — je ne connais pas son nom, encore moins celui de l'aéroport — nous sert un apéritif local.

(Je dis « chef » car je ne connais pas son grade.)

Puis il lève son verre pour un vœu.

— A la santé de votre engin.

— A la santé du fruit de mon travail.

— A la santé de Tutulle.

— A notre santé à tous, tant que nous y sommes.

Ahahahah ! Mais c'est du feu « en chair et en os », cet alcool là !

— C'est... c'est quoi ? J'articule avec difficulté.

— C'est du...

— NON !

Je n'ai que le temps d'arrêter Teddy qui portait son verre à ses lèvres.

— Tu comprends, les enfants torches vivantes...

— Mais p'pa, je bois bien du Ricard, des fois.

— Mais ça c'est beaucoup plus fort.

Le « chef » sourit, verse du sirop de menthe à mon fils et en verse aussi à ma femme qui n'a rien demandé. Et pour cause : elle ne peut plus parler !

Nous prenons déjà congé de l'équipe, la route est longue.

Je crois que sur la piste, Tutulle n'a pas arrêté de faire des virages d'ivrogne. C'est bizarre, elle, elle n'avait pourtant rien bu.

* * *

J'ouvre les yeux lentement, l'un après l'autre. La migraine est atroce. A s'en taper la tête contre les murs. Je ne sais pas comment j'ai terminé la soirée d'hier. Comment se fait-il que je sois dans cet état ? Certainement que les loopings ne me vont pas.

Florence, elle, a une autre opinion.

— Tu parles, les loopings... c'est le super-carburant du « chef » qui ne te convient pas.

— Penses-tu. J'ai vu bien pire.

— Ça m'étonnerait.

— Quelle heure est-il ?

— Dix heures passées.

— Oh la la. Que va dire Dédé ? Surtout, que va-t-il penser ?

— Je n'en sais rien, chou. Mais depuis qu'il a quitté ces messieurs, il fait une tête longue comme ça.

Pour bien me faire comprendre, Florence mesure la « longueur » de la tête de Dédé avec ses bras écartés de toute leur envergure.

— C'est à cause de moi ?

— Je ne crois pas. En réalité, il n'encaisse pas l'infériorité de son « enfant chérie ». D'autant plus que l'enfant chérie en questioin n'a pratiquement pas ouvert ce qui lui tient lieu de bouche depuis votre aventure sur la banquise.

— Il ne pouvait pas croire qu'une simple auto serait plus performante qu'un Mirage 5, quand même ! Et puis, elle lui parlerait plus souvent s'il l'insultait moins. En plus, il la punit.

— Elle est caractérielle.

— C'est une voiture nerveuse...

Après m'être habillé, je descends à la recherche du professeur, mais Mohamed me dissuade de le déranger.

— Monsieur le professeur est très occupé intellectuellement. Et après, il le sera manuellement. Vaudrait mieux pas le distraire.

— Merci.

Je sors dans la cour avec la vague envie de lui tomber dessus « par hasard ». Je ne découvre que Teddy à bourricot sur un cheval... pardon, à cheval sur un bourricot. Heureusement, il n'y a aucun danger. L'animal est aussi remuant qu'une statue de marbre.

— Bonjour, Zorro. Tu essayes l'équitation ?

— Tu parles ! Aussi têtu que... heu, que...

— Que le professeur Dubois-Dupuis.

— Voilà. Il n'a pas bougé de dix centimètres depuis une heure que je suis dessus. Enfin, je te dis bonjour quand même.

— Tu as raison. Ce n'est pas parce que ton coursier fait grève que tu ne dois plus me saluer. Attends, pour voir...

Je me glisse derrière le bourricot qui continue à agiter les oreilles sans s'occuper de moi et lui envoie deux fortes claques sur la partie charnue de son individu. Contrairement à ce que je pensais, l'animal réagit et je reçois deux sabots dans les tibias, mais la volonté de Teddy s'accomplit. Dans une nuage de poussière grandiose, je vois cavalier et coursier disparaître sur la piste.

Du coup, je m'inquiète. Il ne faudrait pas que par ma faute mon fils se retrouve les quatre fers en l'air et que le bourricot ne se retrouve plus du tout, trop heureux d'avoir recouvré la liberté.

Mais c'est m'inquiéter à tort. Voilà déjà le nuage qui revient, cavalier et monture avec, vers la maison et ce à vitesse grand « V ».

— Freine, Teddy !

Il ne doit pas avoir les commandes bien en main car l'animal continue aussi rapidement. Je crains pour le massif de Mohamed et la fenêtre de la salle à manger.

Par quel hasard le bourricot dévie-t-il pour choisir la fenêtre du salon ? Et par quel hasard a-t-il l'idée de stopper un mètre avant le massif ?

Je n'en sais rien. Cependant, les quatre pattes raidies en un freinage intensif et grinçant, l'indomptable coursier s'immobilise sabots contre le mur, ayant labouré le parterre de fleurs.

Teddy, lui, continue sur sa lancée, si j'ose dire, par l'effet de la force cinétique. Un grand bruit de verre brisé. Un cri. Un choc.

Je suis déjà dans le salon. Mon fils gît sur le divan, jambes en l'air, tête dans les coussins, au milieu de débris de bois et de verre.

Je me précipite, le relève.

— Ça va ?

— Bien sûr !

Ouf ! Plus de peur que de mal. Il n'a même pas

une égratignure. Un vrai miracle ! Passer par une fenêtre fermée et réussir à atterrir intact !

— Tu sais à quoi je pense, papa ?

— Non ?

— Mohamed a rudement bien fait de meubler le salon quand on n'était pas là. Sans quoi les tapis n'auraient pas suffi à m'amortir.

Ciel, c'est vrai ! Quand, pour la première fois nous étions rentrés dans ce salon, il était absolument vide de meubles.

Merci Mohamed. Je lui ferais volontiers la bise, si je l'avais sous la main.

— Que ce passe-t-il, ici ?

— Oh, bonjour professeur. Rien du tout. Comme vous le voyez, votre bourricot se rend responsable de bris de glace.

— C'est lui qui... ?

— Bien sûr. Qui voulez-vous que ce soit ? Si j'étais vous, je ferais réparer la fenêtre.

— Merci pour le conseil. J'en profiterai pour faire réparer le bourricot. Mohamed emmènera la fenêtre chez le menuisier et l'âne chez le boucher. Ça me fait penser... j'ai une autre petite course à faire. Ça vous ennuirait ?

— Dans le même genre que la dernière ?

— Pas tout à fait. Un peu plus longue mais avec moins d'acrobaties ! On en reparlera à table, voulez-vous ?

Et le professeur sort comme il était rentré, c'est-à-dire par la porte.

— Pourquoi tu lui as pas dit que c'est moi qui ai cassé la vitre ?

— Parce qu'il ne m'aurait pas cru.

— Ah. On se promène un peu ? Avec maman ?

— Ta mère s'occupe de rajeunir notre linge et de mettre de l'ordre dans notre bagage. Comme je crois savoir qu'elle compte aussi s'occuper sérieusement de sa tenue, elle doit en avoir pour à peu près cent sept ans.

— Pas cent sept ans, juste jusqu'à midi.

Quand Teddy a quelque chose dans la tête, il ne l'a pas ailleurs et je dois bien l'accompagner dans sa promenade autour de la maison. Surtout, pas plus loin, on ne sait jamais.

* * *

— Bon appétit tout le monde. Alors, professeur, cette petite course ?

Impatient d'être mis au fait, j'attaque dès le début du repas.

— Elle n'est pas si petite que ça. En réalité, il s'agit de faire monter la voiture le plus haut possible, jusqu'aux dernières couches de l'atmosphère, si possible. Mais rassurez-vous, il n'y a aucun risque. C'est tout calculé, prévu, les sécurités sont inattaquables. De toute manière, si quelque chose cloche, on redescend de suite. Comme vous le savez, je suis plus jeune que j'en ai l'air et je ne tiens pas à finir en confetti.

Evidemment, sans sa barbe blanche, le professeur fait plus jeune, d'autant plus que ses cheveux ont retrouvé leur vraie couleur depuis qu'il ne les teinte plus. C'est-à-dire noirs de jais, sans un seul cheveu blanc naturel.

Mohamed n'a pas eu l'air surpris de le voir revenir noir alors qu'il était blanc à notre départ. En tout cas, Dubois-Dupuis doit avoir dans les quarante-cinq ans, mais il en fait tout juste cinq de moins. Il est vraiment jeune pour finir en confetti. Mais plus vieux, il aurait sûrement pris moins de risques.

Allez donc trouver un juste milieu !

— Qu'en pensez-vous ?

— Deux conditions.

— Oui ?

— La première, Florence reste ici.

— Oh, chéri mais je veux venir.

— On aura vite fait. Trop vite fait, peut-être. Il faut bien quelqu'un en bas pour s'occuper de nous à notre retour, surtout si on est pas entier.

— Marc ! Pourquoi veux-tu revenir incomplet ?

— Tu as raison, on peut mourir entier, il suffit, justement, de savoir mourir. Mais trêve de plaisanterie, tu restes là ou c'est moi qui reste.

— Mon cher Marc...

— Appelez-moi Marc tout court, je ne suis pas cher. L'homme qui valait trois milliards, ce n'est pas moi.

— Qui sait ? Comme c'est vous qui conduisez, il faut forcément que ce soit madame qui reste.

— Soit, je resterai. Le M.L.F. sera prévenu.

— Quelle action regrettable... nous sommes si bien dans le calme...

— Qu'insinuez-vous !?

— Moi ? Rien du tout, du tout. Et votre deuxième condition ?

— Que Mohamed nous accompagne.

— Il ne nous sera pas utile et de plus, il faut quelqu'un pour s'occuper de votre femme.

— Ma femme est assez grande pour pouvoir rester toute seule. Elle n'a pas besoin d'un valet.

— D'accord. Mais j'ai besoin de Mohamed pour la liaison radio.

— J'aurais préféré le savoir dans l'auto, pour qu'il veille au grain.

(Je ne précisai pas le grain de qui.)

— La surveillance depuis le sol sera bien plus efficace. Il sera en mesure de nous tenir au courant de l'évolution de l'expérience.

— Soit. Quand est-ce que nous grimpons ?

— Demain matin, le temps de faire un bilan de santé à Tutulle.

La santé de Tutulle ! Il va finir par radoter. Si je

n'avais pas appelé sa voiture Tutulle, il l'aurait sûrement baptisée Titine, Choupette ou autre. Je me lève de table, décidé à faire une bonne sieste en attendant l'épreuve de demain. Florence boude un peu, elle n'aime pas être mise à l'écart. Je la comprends, mais avec le prof, vaut mieux être trop prudent que pas assez. Ça me rappelle une chanson : « Le professeur est un rêveur, il ne faut pas le déranger. » Trop dans la lune, le p...

Quoi ? Dans la lune. Ah, le cochon, le voilà, le piège. Son « toujours plus haut », ses « dernières couches de l'atmosphère ».

Tout compte fait, ça me fait bien rire. Pas fichu de distancer un Mirage et il veut aller sur la lune ! Il va tomber de haut, c'est le cas de le dire. Non, mais alors là, elle est bonne. Il veut aller sur la lune ! Je me rappelle, maintenant, il nous l'avait dit du début.

Ce que c'est qu'être entêté. Monsieur veut aller sur la lune ? En bateau mouche ? Risque de tomber, le client et d'assez haut pour que son poids creuse son trou. Ce sera déjà une économie. Sûr, je veux être là pour assister à sa déconfiture. Tout regaillardi, je monte dans la chambre et me déshabille, décroche le téléphone et demande les douches. Comme ça ne vient pas, j'attrape le combiné de la baignoire pour avoir les réclamations, plonge sur mon lit en me savonnant et m'endors dans la baignoire avec une cuvette en guise d'oreiller. L'euphorie rend fou, ne trouvez-vous pas ? Je suis dans la lune !

CHAPITRE VIII

AUTANT DÉCROCHER LA LUNE !

Tout est prêt pour le grand départ. Tutulle se dresse, position inédite, sur son arrière, appuyée à une rampe métallique inclinée.

J'aurais préféré laisser Teddy à sa mère mais j'ai été convaincu de l'entière sécurité de l'essai.

Après avoir une deuxième fois tout vérifié, Dubois-Dupuis me fait embarquer et s'installe derrière moi. Teddy est à mon côté, caméra à la main.

Dans l'écouteur, Mohamed égraine le compte à rebours.

...30...29...28...27...

J'assure les commandes dans ma main droite. La gauche est prête au-dessus du levier « emergency ».

...5...4...3...2...1.,,

J'écrase l'accélérateur. Le propulseur hurle, Tutulle

s'élève lentement. J'abaisse le levier « emergency ». Tutulle vibre affreusement.

BANG !

Ça y est, le mur du son.

Mais c'est encore trop lent pour un voyage interplanétaire. Le professeur sue à grosses gouttes, le visage crispé.

Teddy ne tient pas en place, il trépigne en filmant. Quant à moi, je compte jusqu'à dix pour essayer de retrouver ma respiration, interrompue depuis déjà pas mal de temps. J'ai dû battre le record.

Le compteur électronique marque Mach 4. Vraiment trop lent, on ne passera pas.

— J'avais pourtant rajouté quatre carbus double corps pour la turbine à hydrogène. Je comptais beaucoup sur ce propulseur atomique. Mais peut-être que c'est encore possible. Serre les dents, Tutulle. Vous, Marc, maintenez l'effort.

Elle va éclater, sa bagnole, si ça dure longtemps.

Nous grimpons toujours. Les trous d'air sont plus fréquents et m'obligent à une surveillance constante de la trajectoire.

Le ciel commence à s'assombrir. Je crois bien que nous sommes dans les dernières couches de l'atmosphère. A nous la lune ?

Non. Du sol, Mohamed signale un retard déjà considérable et l'orbite fixe, première étape de notre conquête de la lune ne sera pas atteinte faute de puissance.

Ça y est ! Le propulseur hoquette. Une sueur froide s'insinue dans mon dos. Soudain, je suis pris de remords. Je n'aurais pas dû accepter que Teddy nous accompagne. Je n'aurais pas dû accepter, tout simplement, cette tentative.

— Pas de panique, on va récupérer ; coupez la surpuissance.

Je m'exécute immédiatement. Aussitôt, l'appareil semble retrouver un régime plus raisonnable.

« Base appelle Tutulle. Signale fuite d'oxygène dans la cabine. La pression baisse lentement mais régulièrement. Confirmez. »

— Tutulle à base, entendu et confirmation. Nous agissons. C'est manqué, Marc, on redescend.

— On essaie pas de colmater la fuite ?

— Impossible.

A cet instant, le propulseur, qui s'était remis à hoqueter, coupe tout à fait. Aussitôt, par un effet incompréhensible, la voiture se couche sur le flanc.

— Comment ça se fait ?

— Mauvaise répartition du poids.

— On s'en serait aperçu avant.

— Pas obligatoirement. Les réacteurs de coin devaient équilibrer automatiquement. Maintenant que la poussée du réacteur principal est nulle, il se crée un déséquilibre qui, faute d'être corrigé instantanément, se traduit ainsi. Il suffit de contrecarrer en manuel.

Ce que je fais. Il a raison, tout redevient normal. Mais le réacteur atomique demeure impuissant à pousser efficacement le véhicule et les véhiculés. Nous nous traînons.

— Demi-tour, on redescend.

Je pèse sur les commandes et la voiture pique du nez. J'ai du mal à respirer. La fuite a dû s'agrandir.

— Retropropulsion de soutènement. Coefficient de réglage, 2, 7.

— Bon.

Tutulle entre en atmosphère. Les tuiles réfractaires dont est couverte la carrosserie s'embrasent.

— Mais c'est dingue, elle est plus rouge que naturel ! Et la voilà blanche !

— Je me demande ce qu'en pensent les satellites espions Russes et Américains.

— Ou les extra-terrestres.

Cependant, Tutulle descend toujours et sa vitesse augmente inexplicablement.

« Base à Tutulle, rétropropulsion coupée. Confirmez. »

Je me penche sur mes cadrans. Effectivement, le réacteur avant n'agit plus.

— Tutulle à base, nous confirmons. Quelles causes ?

« Echauffement trop important lors de l'entrée en atmosphère. Vous agissez ? »

— On s'en occupe. Terminé.

Le professeur a une tête à faire peur. Traits tirés, rides profondes, teint cireux.

— Ça risque d'être dommage, Marc.

— Allons, c'est vous qui dites ça ? Je croyais que tout était prévu.

— Trop d'imprévus, justement. Les propulseurs pas assez puissants, la vitesse trop basse, la fuite d'air, l'échauffement et l'arrêt du rétropropulseur... Tous ces imprévus étaient nettement improbables. Même l'ordinateur était optimiste quant à notre sécurité.

De toute façon, le vide, ce n'est pas rien.

— Si, justement, c'est rien.

— Je veux dire qu'il ne faut pas le prendre à la légère. Et pour la rétropropulsion, attendons que ça refroidisse. Après, vous verrez, ça ira.

— Je ne demande qu'à croire.

Cependant, la voiture tombe toujours en tourbillonnant mais heureusement, les vrilles sont lentes. Très près du sol, je décide d'essayer le réacteur. Victoire ! Ça marche. Il crachotte bien un peu mais notre chute est de suite ralentie.

Pourtant, le sol semble se rapprocher à une vitesse inouïe. Ce doit être l'effet de notre imagination car de longues minutes s'écoulent.

Nous distinguons maintenant une vaste forêt qui

a l'air de n'avoir pas de fin. Mais quel est le continent ? Nous n'avons même pas pensé à regarder. Le professeur pense que c'est l'Afrique, ce qui est fort probable car nous n'avons pas dû dévier énormément.

« Base à Tutulle. La surveillance du corps est coupée. »

— Tutulle à base, ne craignez rien tant que la radio fonctionne. Où étions-nous aux derniers échos ?

« Base à Tutulle, vous étiez à quatre mille mètres d'altitude, juste à l'aplomb de l'équateur, au-dessus du Congo. »

— Tutulle à base, rappelez dans cinq minutes, nous sommes prêts à atterrir.

— Rétropropulsion à fond, vite !

Je pousse l'accélérateur à fond.

— Le parachute.

J'abaisse un levier. En fait, ce sont trois parachutes, disposés en triangle, qui éclosent derrière Tutulle.

Teddy s'est cramponné à moi et j'essaie de le réconforter.

Dédé a l'air plus mort que vif.

Je n'en mène pas large, mais je dois rester à mon poste jusqu'au dernier moment.

Malgré la puissance du réacteur et la surface de toile du tri-parachute, nous descendons trop vite.

A presque toucher les arbres, je redresse pour faire glisser la voiture qui percute un géant de la forêt et s'abat lourdement.

Ma tête heurte le montant du pare-brise et c'est le noir.

* * *

Pif ! Paf ! Deux claques me font revenir à moi. Dédé est penché sur ma personne.

— Excusez, c'est surtout à cause du petit.

Je comprends. Dans le violent désir de protéger mon fils, je l'ai au dernier moment ceinturé de mon bras, et malgré mon inconscience, je n'ai pas lâché. Je regarde autour de moi. Curieusement, Tutulle est retombée sur ses quatre roues, mais dans une sorte de marécage, ce qui a amorti la chute.

Elle est maintenant enfoncée dans cinquante centimètres d'eau, légèrement penchée en avant. Derrière nous, pris dans les branches, les parachutes s'étalent, déchirés. Eux aussi, en s'accrochant, ont dû nous freiner.

Teddy n'a pas une égratignure. Le prof s'en tire avec une lèvre fendu, moi avec une légère entaille au crâne. Rien de bien grave, tout compte fait.

Et Tutulle ?

Ah, pauvre Tutulle !

— Mon maître, dit-elle, mon maître, qu'avez-vous fait avec vos folies ? Mes propulseurs sont morts, mes parachutes déchirés, ma coque ébranlée, ma calandre et mon aile droite n'ont pas supporté le choc avec cet arbre. Je reste maintenant immobile dans cette eau stagnante à encourir la pneumonie et vous ne faites rien pour me tirer de là ?

— Tiens ? Elle reparle. Mais pour incriminer, évidemment.

— T'en fais pas, Tutulle, on va te sortir de là.

Et, pour le confort de notre cher véhicule, je me dévoue. J'ouvre la porte. Aussitôt, dix litres d'eau sale et boueuse pénètrent dans l'habitacle. Comment sortir ? Ça ressemble fichtrement à des sables mouvants, là-dessous. Et c'est sûrement plein de sangsues.

Au prix d'une acrobatie dont je ne suis pas coutumier, je parviens à me hisser sur le capot déformé par le choc contre l'arbre.

Sur le pare-chocs est disposé un palan électrique de trois chevaux. Efficace mais gourmand. (Faut pas les laisser mourir de faim.)

Je saisis le crochet et commence à dérouler Mais où l'accrocher ?

Au moins douze mètres de marécages me séparent des premiers arbres. Soudain, je m'immobilise. Les singes qui jusque ici caquettaient se sont tus brusquement. Des craquements de branches révèlent une présence.

Indigènes ? Animaux sauvages ? Improbable. Les uns comme les autres sont habitués à se déplacer silencieusement.

J'ai l'impression qu'un danger me guette et veux

regagner l'intérieur de la voiture. Pourtant, je reste sur le capot. Si danger il y a, je préfère le voir de face plutôt que d'être surpris dans des acrobaties de réintégration de mon fauteuil. Les branches s'écartent et trois personnes vêtues dans le genre « stock américain » apparaissent.

A ma grande stupéfaction, je reconnais...

— Léda ! Léda Mondy. Aho, quelle joie de vous revoir, chère Miss. I am verry content.

— Oh, mais c'est Marc ? Hello, Marc, hello professeur. Vous vous promenez ?

Ça alors ! La voilà maintenant qui maîtrise le français avec brio.

— Félicitations, chère miss. Vous parlez notre langue aussi bien qu'une française.

Le prof sort vivement de la voiture et dans son enthousiasme il se retrouve les quatre fers en l'air, pataugeant dans l'eau stagnante.

— Au secours ! Je ne sais pas nager.

— Vous voulez rire ? Vous noyez dans vingt centimètres d'eau ? Tenez, miss Mondy, pouvez-vous accrocher ce palan à un arbre ? Nous sommes bloqués.

— Mais bien sûr.

J'arrondis le bras pour lancer le crochet plus facilement, mais ce dernier part trop haut et l'anglaise ne peut pas l'attraper à temps.

Heureusement pour le crochet et malheureusement pour le belge, ce dernier le reçoit en plein sur le dessus du crâne, ce qui lui fait ouvrir de grands yeux et loucher aussi sec en s'abattant comme une masse.

— Mon Dieu !

— Ah ! Qu'ai-je fait.

— C'est ma faute, j'aurais pu l'attraper.

— Allons, pas de panique, clame Dédé qui ne s'est finalement pas noyé. Accrochez donc ce câble et nous volons à votre secours.

Tu parles, nous volons ! Nous traînons, oui, à leur secours. Pourtant, le moteur électrique donne tout ce qu'il peut.

— Ah, je sais. Coupez les sangles des parachutes, ce sont eux qui nous retiennent.

Trois secondes plus tard, Tutulle a regagné la terre ferme et nous nous précipitons à l'aide du malheureux belge que ses collègues ont étendu de manière plus normale. Le professeur s'affaire.

— Je n'arrive pas à le ranimer. Quelqu'un a-t-il une idée ?

— Moi, déclare Teddy. Faites-lui sentir une frite.

Très sérieuse, l'anglaise reprend :

— Des frites, non. Mais des chips ?

Elle sort son paquet de Vico et en prélève une chips appétissante qu'elle colle sous les narines de son collègue.

Aussitôt, celui-ci ouvre les yeux, louche sur la chips et la croque.

— Aïe, mon doigt !

Léda Mondy retire vivement sa main et la considère d'un air maussade de brouillard londonien.

— Ça fait deux blessés. J'ouvre un dispensaire.

— Dispensez-vous-en. Vous auriez de la concurrence avec tous les sorciers du coin.

— Ça existe encore ? demande Teddy.

— Plus que jamais. Ils viennent de créer un syndicat. Ça devient légal, ils ont même un code de morale, le serment d'hypocrite, qu'ils l'appellent.

Cependant, le belge se remonte à vue d'œil tandis que le sachet de Vico baisse d'autant, lui aussi à vue d'œil.

— Vous n'en auriez pas un pour moi, demande le prof ?

— Vous avez faim ?

— Non, mais je l'incluerais dans ma trousse de premiers secours...

Le blessé arbore maintenant un magnifique pansement blanc sur la tête. Nous apprenons que le groupe de Miss Mondy a été contraint à repartir pour la même mission, pour complément d'information.

— Vous comprenez, il n'y a plus de travail. Pour ne pas nous payer à rien faire, il faut bien qu'ils inventent quelque chose.

— Bien sûr, ça se comprend.

— Vous faites très jeune, sans votre barbe.

— Heu...

— Et vos essais ? Où en sont-ils donc ?

— Comme vous le voyez, la forêt amazonienne n'était pas assez grande pour nous. On y a annexé celle d'Afrique.

— Oh, vous êtes un petit gourmand. Remarquez, c'est le péché mignon des français.

— Ne faisons pas de politique, s'il vous plaît...

Je remonte dans Tutulle et essaie de lancer le moteur qui part au quart de tour. Il faudra redresser l'aile et fixer provisoirement le capot, puis on pourra repartir.

Nos amis étrangers nous proposent leur aide et en deux temps, trois mouvements et quatre tours de reins les tôles sont redressées et nous débarrassons la carrosserie des tuiles réfractaires.

— On va y aller. Vous n'avez pas de courses à faire ?

— Non, professeur. Merci, nous avons tout ce qui nous faut. Au fait, voici notre carte. Si un jour vous vous sentez seul, comme je vois que vous n'avez pas d'alliance...

— Bien sûr, miss Mondy, je me ferais un plaisir de passer vous dire un petit bonjour à l'occasion. Nous pourrions ainsi discuter des avantages du célibat. Au revoir...

J'enclenche la première et m'enfonce dans un sentier à peine tracé, tandis que derrière les arbres, la mission anglaise disparaît.

— Collante, la miss.

— Heureusement qu'on l'a décramponnée.

— Vous feriez bien de décramponner aussi les sangsues.

Le prof regarde ses jambes recouvertes d'écœurantes petites bêtes noires et en saisit une entre ses doigts.

— Ne l'arrachez surtout pas, faut la brûler, déclare Teddy, fier d'étaler sa science.

— Tu crois ? Oui, je crois me souvenir de quelque chose dans ce goût-là. A cause des têtes qui restent plantées. Qui a du feu ?

J'avoue n'en pas avoir et Dédé cherche vainement la boîte d'allumettes commune qui a fort probablement disparu dans la boue.

— Tenez, voilà du feu.

C'est Teddy qui a en main un magnifique briquet « Marlboro ».

— Où as-tu péché ça ?

— Un copain qui me l'a donné avant les vacances.

— Tu fumes ?

— Mais non.

— Alors pourquoi tu as gardé ce briquet ?

— Parce que ça peut servir. La preuve.

Il désigne le prof en train de se déparasiter autour d'une nauséabonde odeur de chair grillée.

Si nous n'avions plus de vivres, ce pourrait être notre repas, ces petites bêtes tout à fait appétissantes.

— Enfin, pas trop tôt.

Dubois-Dupuis est triomphant. Ses jambes sont tuméfiées mais il n'y a plus de locataires. Mais alors ! L'odeur qui règne dans la voiture est atroce malgré les glaces ouvertes.

— Où en est-on ?

— J'avance, j'avance, déclare Tutulle.

— Je demandais à Marc.

— J'avance, j'avance.

— Je...

— Vous demandiez à Tutulle, peut-être ?

— Non. Je demandais avec l'espoir de recevoir des renseignements notablement plus précis.

— Alors, le sentier devient de plus en plus large, ce qui, à mon avis, est le signe qu'on va bientôt sortir. Si vous m'écoutiez, on arrêterait jusqu'à demain. La nuit tombe et nous avons grandement besoin de repos. De plus, il est maintenant impossible de joindre Mohamed... je veux dire « la base ». On pourrait nettoyer Tutulle et l'aérer un peu...

— Que c'est gentil de penser à moi.

... et on pourrait faire le point plus sérieusement.

— J'allais justement vous le proposer.

— Ouh la menteuse, elle est amoureuse... chantonne Teddy.

— Décidément, parlez-moi de ces musiques modernes...

— On ne parle pas DE, on chante SUR.

— J'abandonne, la jeune génération est trop forte.

Je me suis garé dans une toute petite clairière, si petite que j'ai dû faire... un craineau ! Heureusement, un bon bordelais en a l'habitude.

J'ouvre toutes les portes pour faire sortir l'odeur, fais aussi sortir le prof que je charge de la cuisine et Teddy que je charge du nettoyage de Tutulle.

Puis je monte la tente. Chat échaudé craint l'eau froide, même si celle d'Afrique est chaude et même si les chats sont « sauvages ».

Une bonne odeur monte du camping-gaz et vainc celle que renfermait Tutulle. Dédé se passe une crème de sa fabrication sur ses blessures. Je suis curieux de voir le résultat, mais comme il n'est pas immédiat, j'en suis pour mes frais. D'ailleurs, il y a de fortes chances pour qu'il n'y ait pas de résultat du tout. En effet, son tube de crème ressemble étrangement à un tube de dentifrice. Ou alors il se trompe et je vais bien rire demain matin, quand il va se brosser les dents.

Il a l'air très absorbé et un tantinet rêveur. Ses pensées semblent assez sentimentales et un grand soupir désabusé s'échappe de sa poitrine. A quoi, ou à qui pense-t-il donc ?

CHAPITRE IX

« CE GENRE DE VÉHICULE »

— Que pensez-vous de cette anglaise ?

— Vous lui plaisez.

— Et en dehors de ça ?

— Rien de spécial. C'est une anglaise.

— Moi je trouve étonnant qu'on l'ait rencontrée à point nommé. L'ordinateur une fois tous les facteurs examinés, donne une chance sur dix-huit mille de probabilités pour qu'on la rencontre.

— Justement, si il y a si peu de chances, seul le hasard y est pour quelque chose.

— Peut-être. Mais ses explications sont tirées par les cheveux.

— Que vous êtes méfiant. Si on avait réussi à atteindre l'orbite prévue, nous ne serions jamais tombés dans la forêt vierge. Et beaucoup trop de facteurs auraient pu modifier notre chute pour qu'elle sache où nous trouver. Non. Moi, je dis que vous l'accusez parce que vous ne lui pardonnez pas d'être amoureuse de vous.

— Ou alors, pour ne pas vous avouer que vous êtes amoureux d'elle.

— Teddy !

— Laissez. Il a peut-être raison, après tout. La vérité sort souvent de la bouche des enfants. Mais l'anglais est l'ennemi héréditaire, ne l'oublions pas. Je ne peux pas passer sur cent ans de guerre pour une seule miss.

— Vos unités de mesure sont originales.

— Et pourquoi cette... cette... pourquoi Tutulle n'a pas pu nous emmener assez vite ? Tout le mal vient de là.

— Un U.L.M. ne peut pas faire Paris-New-York en quelques heures, comme Concorde. Le moteur de Tutulle n'était pas assez puissant, ce n'est pas sa faute.

— Enfin un qui prend ma défense. Marc, je ne l'oublierais jamais.

— Je sens la mutinerie à plein nez. Le mousse est-il de mon côté ?

Teddy se gratte le bout du nez avant de répondre.

— Je me range à l'avis de la majorité.

— Vous serez mis aux fers, mon lascar, aux fers !

— Ça donne la fièvre, les sangsues ?

— Non. Mais c'est fort. Je rate la lune, je loupe

la suite du programme... si si, il y avait une suite et je me casse le minois sur l'anglaise avant d'essuyer une mutinerie à mon bord pendant que je suis hors d'état de me défendre pour cause de parasite.

— Et il ment, en plus.

— Papa dit qu'il ne faut pas mentir. D'ailleurs, j'ai pas besoin de lui pour le savoir.

— Pas mauvais, votre plat. Ce sont des sangsues à la sauce anglaise ?

— Des pommes de terre en robe de chambre. Le meilleur des somnifères.

— Nous en aurons besoin.

— Je vois que vous avez fini. Pouvez-vous me laisser seul ? J'ai un sommeil qui m'en fait mal à la tête.

— Bonsoir, professeur.

Je sors de la voiture, suivi de Teddy et nous nous installons dans la tente. Heureusement, le climat n'est pas le même qu'au pôle Nord.

Ça me fait penser que cette brave Tutulle retrouve un peu sa langue.

— T'as entendu.

— Non, quoi ?

— Du bruit, dehors.

— Il serait temps que tu t'en aperçoives. Beaucoup d'animaux chassent la nuit.

— Justement. Elle... elle est solide, la tente ?

— Je ne dis pas qu'elle résisterait à un tigre ; mais il n'aurait aucune raison de nous attaquer. De toute manière, je suis là pour te défendre. Qu'un tigre montre le bout du museau, il regrettera de ne pas avoir le temps de le regretter. Dors, fils.

Le lendemain matin, Teddy a l'air tout surpris de se retrouver entier.

— Alors, pas fait trop de cauchemars ?

— Même pas rêvé.

— Tu n'avais aucune raison d'avoir peur.

— Je n'avais pas peur, je m'inquiétais.

— A tort.

Je monte la fermeture éclair et sors de la tente pour présenter mes hommages du matin à Dédé.

Horreur !

Sur le capot, un tigre me fixe de ses yeux d'or.

Mais qu'est-ce qu'il fait là, celui-là ? C'est diurne, ou quoi, un tigre ? Quand je dis un tigre, c'est peut-être une panthère. Ou autre chose, ce n'est pas marqué dessus.

— Oh, qu'il est mignon. Guili guili, va-t-en vite, vite...

A ce moment, Dubois-Dupuis émerge tout à la fois de son sommeil, de ses couvertures et de Tutulle, tant il est saisi.

Sûr, quand on se réveille, on peut voir des choses plus reposantes. Un léger ronron, dans mon dos, me fait frissonner. S'il y en a un autre derrière...

— T'affole pas, papa, c'est la caméra.

Et bien alors ! La veille il mouille et le lendemain, il se croit au cirque.

— Bon, y en a marre, mon vieux. Tu fiches le camp ou je m'occupe sérieusement de ton matricule.

Le vieux se lève lentement et se ramasse. Va-t-il bondir ?

Le professeur est livide. Je ne peux pas dire si des deux, se sont ses dents ou ses genoux qui claquent le plus fort.

Dans une magnifique détente, le fauve bondit par-dessus la tente, me décoche un coup de queue vengeur et disparaît entre les arbres !

— Ça alors ! Il n'avait plus faim ?

— Sûrement la tête du prof qui lui a fait peur, me chuchotte Teddy.

— Vous ave... avez vu... vu ça, bégaye le prof ?

— Plutôt, oui. Vu et revu, j'espère. Tiens, qu'est-ce que c'est ?

Je me baisse et ramasse une cigarette blonde toute neuve. Mes regards se portent sur mon fils.

— Parole, c'est pas moi. Quand est-ce que j'aurais pu ?

— Exact. Si ce n'est toi, c'est donc... quelqu'un d'autre. Vous fumez les blondes, professeur.

— Non. J'ai surtout un petit faible pour les rousses. Mais vous avez vu ce...

— Je vois que ce n'est pas vous. Qui a rôdé ici, cette nuit ?

La question reste sans réponse et nous refaisons le paquetage avant de repartir.

En continuant tout droit d'après la boussole, nous devrions sortir de cette fameuse forêt vierge sous peu.

Mais le temps passe et nous roulons toujours, péniblement dans de mauvais sentiers considérés ici comme très praticables. Comment sont ceux qui ne le sont pas !? Il est vrai que la végétation repousse ici en moins de temps qu'il m'en faut pour vous le dire. Un explorateur qui gagne péniblement cinquante centimètres à coups de machette en perd quarante-neuf derrière lui. Nous n'en sommes pas là mais si la radio fonctionnait, tout serait plus facile.

Et Florence doit se faire un sang d'encre.

— Victoire, enfin !

— Quoi ?

— On est en train d'en sortir.

— C'est vrai. Pas trop tôt, on rentre à la maison.

— Non, mais qu'est-ce que c'est ?

Un étrange véhicule rouge arrive droit sur nous. Etrange car pour autant que j'en puisse juger, il est composé de divers éléments. Un avant de Jeep U.S., des côtés de Land-Rover, un toit et un pare-brise de Toyota 4X4, un arrière et des roues de Lada Niva.

— Ciel !

— Terre...

— Ciel, ce sont eux. Eux les L.A.F.D.C.M.V. !

— Eux zizi ? Zeux jici ? Enfin, là ?

— Avez-vous observé ce genre de véhicule ailleurs que dans leur boîte ?

— Effectivement...

Cependant, « ce genre de véhicule » s'est arrêté au milieu du chemin, nous empêchant de passer.

Trois bonshommes en descendent, s'approchent :

— Bonjour. Mission Dupont-Durand ?

— Appelez-moi Dubois-Dupuis.

— Nous, c'est L.A.F.D.C.M.V.

— Vous avez un bien drôle de véhicule, hasardais-je.

— Animé par un moteur V 6 Peugeot-Renault-Volvo, si ça peut vous intéresser. Là n'est pas la question...

— Et c'est confortable ?

— Oui, avec ces sièges de Talbot-Matra Rancho, pas de problèmes. D'ailleurs, la question n'est pas là...

— Ça consomme ?

— Assez, mais ça peut passer. Les carburateurs sont de « deux chevaux », alors... alors la question n'est pas...

— C'est costaud ?

— Châssis de Buick, suspensions de Lamborghini tout terrain, vous comprenez donc que la question...

— La direction n'est pas trop dure ?

— C'est une direction assistée de Citroën CX et la ques...

— La boîte à vitesse ? Précise ?

— Une boîte allemande montée sur Volkswagen dont la qu...

— Et côté finition du tableau de bord ?

— On a fait appel à Fiat et à Jaguar alors...

— Y a la radio ?

— La question...

— Eh, la question si elle est pas là, allez donc la chercher ailleurs !

Et ayant dit, d'une première rageuse, je lance ma chère 1100 toute simple sur les « L.A.F.D.C.M.V. » qui n'ont que le temps de se reculer, je fais un crochet pour éviter ce « genre de véhicule » et prend la poudre d'escampette.

Sur la piste, nos chers amis sont tout dégonflés du tour que je leur ai joué.

Plus tard, nous devions apprendre que mon interlocuteur faisait une grave dépression nerveuse.

— Bravo, papa, on les a eus.

— Attends avant de chanter victoire. Vont pas tarder à rappliquer. Et le V6 P.R.V. ça pousse.

Pourtant, à ma grande surprise et pour la raison citée plus haut, les membres de l'honorable ligue ne nous causent plus d'ennuis.

Le dépressif était le seul à posséder le permis de conduire...

Maintenant que plus de deux cents kilomètres nous séparent d'eux, je suis plus tranquille et je relâche à la fois ma pression sur l'accélérateur et ma tension nerveuse.

Dédé se frotte les mains de joie et mon fils est radieux. Allons, demain on est au gîte, après-demain à Bordeaux.

Nous arriverons juste à temps pour mes quatre semaines de congés. C'est Fiolefiente qui va trépigner. Il ne s'est pas encore remis de sa jaunisse, faite lors de l'obtention de la cinquième semaine de congés payés ! Vous voyez le genre. Il faut de tout pour faire un monde.

— Où allez-vous passer vos vacances, Marc ?

— N'importe où sauf en Afrique, en Amazonie ou au pôle nord. Peut-être à Bordeaux même, ça fait tellement longtemps que nous l'avons quittée.

— Tout juste un mois.

— Si peu ? Et vos projets, alors, c'est à l'eau ?

— Je ne pense pas. Après tout, ce n'est pas si mal que ça. Pour lutter contre « Colombia », je ne dis pas. Contre un Mirage, non plus. Mais question maniabilité, Tutulle est mieux qu'un Harrier et avec sa robe toute simple, elle peut faire le « Paris-Alger-Dakar » avec plus de chances qu'une Jeep. En ville, elle est plus discrète et moins encombrant qu'une Toyota 4X4. Son atout le plus formidable, c'est qu'elle vole. Enfin, elle volait. Et là, aucune cocurrence à craindre.

— Tiens, ça me fait penser à quelque chose.

— Oui ?

— Comment se fait-il que les anti-G n'aient pas fonctionné quand on tombait hier ? Ils auraient dû nous stopper immédiatement.

— Tiens, c'est vrai. Voyez-vous, il y a tellement de gadgets dans cette voiture que quand je m'habitue à l'un, j'oublie l'autre.

— La panne ne s'explique pas.

— Moi, je peux l'expliquer.

— Dis, Tutulle.

— C'est très simple. Pour loger le réacteur atomique supplémentaire, vous avez démonté les blocs anti-gravifiques. En ce moment, ils sont au garage.

— Pourquoi ne pas l'avoir dit au moment du départ ?

— Vous saviez mieux que moi s'il les fallait ou non.

— Professeur, vous êtes tête en l'air.

— Pas du tout. C'est simplement que... heu... parce que...

— « Le professeur est un rêveur... »

— OK. J'avoue. J'étais tellement pressé. Et puis d'abord, « que celui qui n'a jamais péché jette la première pierre. » Je vois que tout le monde se tait. Donc, pour en revenir à ce que je disais, vu tout ses avantages, Tutulle a de grandes chances de plaire.

— N'oubliez pas de faire breveter votre système antigravifique, car beaucoup peuvent s'y intéresser.

— C'est la première chose que je ferai en arrivant.

Mais, en arrivant, tard dans la nuit, ou plutôt tôt dans la matinée, le professeur a plutôt envie de se coucher que de faire autre chose.

Florence a fait une de ces têtes quand je l'ai réveillée en pleine nuit. Elle croyait rêver. Comme Jeanne d'Arc mais avec l'image en plus.

— Marc ! Toi ici ?

— Et pourquoi pas ?

— J'étais si inquiète.

— Pour quelle raison ? Il n'y avait rien à craindre, le prof l'a assez dit.

— Au contraire il y avait tout à craindre.

— Je vois que tu veux me contrarier. Je peux me coucher ?

* * *

Dix heures. Plus que temps de se lever. A voir la tête de Dédé, dans la salle à manger, je devine qu'il me précède de peu.

— Bonjour, professeur. On fait la grasse matinée[1]?

— Bonjour. Avouez que si la matinée a été grasse, la soirée avait été maigre.

— Vous êtes en verve.

— Erreur, je suis en jogging, car j'ai décidé de prendre un peu de détente.

J'avale un café bien fort et je sors avec Dédé.

Horreur !

Devant la porte, dans la cour, stationne un « genre de véhicule » qui ne ressemble à rien si ce n'est à L.A.F.D.C.M.V.

Plus précisément, le même véhicule qu'hier sauf que celui-ci est kaki alors que l'autre était rouge.

Un homme en sort et s'avance vers nous. C'est plutôt un jeune hemme.

— Professeur Dupont-Durand ?

— Je suis en effet connu sous ce nom.

— Lieutenant Langevin, du Service National des Intérêts Français. S.N.I.F., pour les intimes.

— Enchanté de voir que vous n'êtes pas de la L.A.F.D.C.M.V.

Notre interlocuteur, de taille moyenne, âgé de dix-huit ans au plus et possesseur d'une mèche blonde rebelle, n'a absolument pas l'air d'un agent secret. C'est justement pour ça qu'il en est un.

Se permettant un sourire ironique, il reprend :

— C'est au sujet de votre engin. Je peux parler devant monsieur ?

Monsieur, c'est moi.

— Bien sûr. Où ai-je la tête ? Monsieur est justement l'essayeur de mon véhicule.

— Courageux ! Si ça ne vous dérange pas, je préfère parler à l'extérieur, au cas ou il y aurait des micros chez vous. Sachez que la ligue, dont vous venez de prononcer le sigle, a réussi à nous vendre quelques-uns de ses engins, dont voici un exemplaire, prétextant que la France se devait de donner l'exemple pour l'antifavoritisme.

« Ces doux illuminés nous ont prévenu de votre tentative. Contrairement à leur attente, nous n'avons pas entravé ces essais car votre véhicule intéresse le SNIF.

— Ah... ah bon ?

— Imaginez. Armée d'une mitraillette sous le capot, elle est encore mieux que la voiture de James Bond.

— Entrez donc, on ne peut pas parler affaires dehors.

— Je suis simplement venu vous avertir. Vous discuterez affaires avec un autre de nos agents qui prendra contact avec vous ultérieurement. Seulement, une question. Avez-vous la possibilité de commencer la construction de vos engins ?

— J'ai passé un contrat avec l'usine. Elle me livrera des caisses toutes nues que j'équiperai moi-même. Ce qui me manque, c'est heu... le nerf de la guerre.

— Je vois. Signez ici ce bon et prenez en acompte ce petit chèque.

— Pas possible ! Incroyable.

Pour un peu, le prof aurait embrassé ce « brave lieutenant ».

Après son départ pardon ! Adieu le vieux professeur sérieux. Un vent de folie lui souffle dessus. Il danse la gigue, le bougre, au milieu de la cour, sous l'œil stupéfait de Mohamed.

— Que se passe-t-il ?

C'est Florence, à la fenêtre.

— Rien. Je t'expliquerai. C'est « secret commercial ».

Dédé est soudain calmé. Il m'apostrophe :

— Z'avez pas honte de vous exciter comme ça ?

C'est à moi qu'il dit ça !?

— Moi, je m'excite, professeur ?

— Non, moi, peut-être ?

— Eh, si c'est le chèque qui vous rend malade, donnez-le-moi. J'en ferais meilleur usage que vous.

— Ne nous disputons pas. Venez plutôt m'aider, on va faire la liste des dégâts de Tutulle.

— Ah, on s'occupe enfin de ma pauvre carcasse !

— On ne t'oublie pas, ma grosse. (Terme affectueux.)

Liste des dégâts observables à priori :

- Capot à changer.
- Aile avant droite à changer.
- Pare-choc à redresser.
- Calandre à changer.
- Phare droit à changer.
- Propulseur à remettre en état (Si possible.)
- Rétropropulseur à réparer.
- Blocs antigravifiques à remonter.
- Parachutes à changer.
- Radio à réviser.

- Peinture à refaire. Nettoyage et révision générale.

(Ce sous réserve de nouvelles découvertes.)

— On l'a bien arrangée, la pauvre.

— Oui, elle a presque mérité sa retraite.

— Elle n'a pas deux mois.

— Alors, au travail.

Le professeur qui a déjà fait rentrer une quantité industrielle de pièces n'est pas en manque de capots et Mohamed s'avère un tôlier-carrossier-mécanicien hors pair. Moi, je m'occupe du nettoyage et de la peinture pendant que le prof élimine le propulseur atomique et fixe les blocs antigravifiques.

Le soir-même, Tutulle est comme neuve et de plus, elle rayonne de joie :

— Que ça fait plaisir de retrouver la forme de sa jeunesse !

— ...

* * *

Trois jours plus tard, nous regagnons Bordeaux. Accompagnés.

Outre une prime pour dommages causés à la mécanique (MA mécanique !), le professeur a tenu à me laisser... Tutulle.

— Allez, Marc, et quand vous passerez dans la région, venez me dire un petit bonjour.

— Mais, vous allez monter votre usine en France ?

— Oui, mais je continuerai à vivre ici. Que voulez-vous, je m'y plais.

— Je vous comprends.

— Et surtout, reposez-vous bien, pendant vos congés.

— N'ayez crainte. J'ai des cheveux blancs à reconquérir. D'ailleurs, vous aussi à ce que je vois.

— Farceur. Je ne suis plus tout jeune.

— C'est ça rajoutez-en. Vous allez sûrement remettre votre belle barbe blanche ?

— Non, je vais me laisser pousser la moustache.

— Pourquoi ?

— On dit que les anglaises aiment ça.

— Moi, après cent ans de guerre...

— Que vos unités de mesure sont donc originales, mon pauvre Marc.

— Zut ! Invitez nous au mariage.

— Eh, ce n'est pas si simple.

— Et aller sur la lune, c'est simple, peut-être ?

CHAPITRE X

ÉPILOGUE

Octobre.

Le professeur a eu de la chance. Après avoir fait breveter son système antigravifique, la prospérité est venue. Déjà cinq véhicules commandés par le SNIF, dont trois de livrés. La gendarmerie nationale en a demandé dix et la police trente pour changer son parc d'automobiles banalisées

De plus, l'aérospatiale, n'ayant pas réussi à racheter le brevet des blocs, a signé un contrat avec Dédé.

Et maintenant, monsieur le Président de la République Française possède une Tutulle blindée particulière.

Dédé a annoncé ses fiançailles depuis déjà un mois. Nous sommes invités au mariage le mois prochain.

Vraiment, il les a enjambés allègrement, ces « cent ans de guerre ». Quant au hasard qui nous a fait rencontrer miss Mondy dans la forêt africaine, il porte pour nom : l'amour

Il est de ces miracles !

Maintenant, c'est Léda qui relève les imperfections de français de son fiancé.

Novembre.

Ariane bénéficie des blocs de Dédé. Tous les essais ont été concluants et déjà trois nouveaux satellites civils sont sur orbite.

Grâce au professeur, la France se taille une image de marque auprès des grandes puissances.

Dans une petite ville blanche très exotique d'Algérie, les habitants ont cru au mirage. (Ou au miracle ?)

Eux qui ne voient que des 404 ont été très étonnés de voir passer plus d'une douzaine de Tutulles rouges dans leur ville. Les destinataires avaient voulu essayer de suite ce fantastique produit.

Et je ne vous ai pas dit comment s'était passée la réapparition du professeur Dupont. Les gens furent stupéfaits : Mais comment ? On le croyait perdu en mer. Ah, le brave prof, il était bien pommé, mais pas en mer.

Où s'arrête le génie et où commence la folie ?

Dupont-Durand était-il fou ?

Non, simplement ambitieux, chanceux et capable.

Aux dernières nouvelles, il venait juste d'installer son usine à Bordeaux et employait pas mal de personnel. Une deuxième petite usine a été montée à côté de son pied-à-terre algérien.

Décembre.

Le mariage, qui avait été repoussé pour cause de « travail trop prenant » se déroule demain.

Il est plus que temps de partir, nous allons voyager une partie de la nuit.

Tant pis, Dédé a réservé nos chambres dans la grande mechta.

Dans deux jours, je suis d'enterrement.

Grâce aux bonnes relations du professeur, je n'ai pas encore repris le travail et Fiolefiente en a eu une attaque.

Je ne me sens pas coupable, c'est son caractère qui l'a tué.

Tout compte fait, il ne me verra pas à son enterrement.

Florence s'est mise en rapport avec un producteur et « Un amour de Tutulle » promet d'être un grand succès dans les salles de cinéma.

De mon côté, je viens de faire éditer le livre de nos aventures, mais sous un autre nom, par discrétion.

J'oubliais de vous dire. La LAFDCMV est dissoute. Le président de cette ligue a été surpris au volant d'une Tutulle.

L'honorable organisme n'a pas pu s'en remettre et tous ces « genres de véhicules » ont été rachetés pour les cascades d'une série américaine. Comme je l'ai déjà dit, ma vieille deux-chevaux, Tutulle n° 1, finit ses jours dans la forêt landaise.

Bon, il est temps de partir. Il ne s'agit pas d'être en retard à un événement aussi important.

Ni Dédé ni Léda ne nous le pardonneraient.

Florence, ma chère moitié, est à la place de la morte.

Comme nous partons en volant, il n'y a pas grand risque que nous rencontrions des platanes dans les nuages, égarés hors des passages cloutés.

Teddy se partage à lui tout seul les deux places arrières.

Nous voici, cher Dédé. Nous volons vers vous.

Mais, que se passe-t-il ?

Sans cache-nez dans l'air humide de Bordeaux, Tutulle a dû attraper froid et le propulseur éternue, tousse et crachotte sans se lancer.

Je comprends que le docteur Mehdi Khament ne peut qu'être impuissant devant ce cas de turbino-mécano-carbu-sinusite, il n'est que généraliste.

Teddy sent la pièce montée de la mariée s'effondrer sous ses yeux et ça lui est désagréable.

— Papa ?

— D'accord. On ira en roulant.

Je dirais donc, cher Dédé, nous ROULONS vers vous.

Florence ne filme plus.

Teddy n'écoute plus son walkman.
Moi, je confirme la règle. Je tourne toujours le volant.

FIN

Martillac, Février 1983

ACHEVÉ D'IMPRIMER
SUR LES PRESSES
DE L'IMPRIMERIE S.E.G.
33, RUE BÉRANGER
CHATILLON-SOUS-BAGNEUX

Numéro d'impression : 4014
Dépôt légal : avril 1988